U0165901

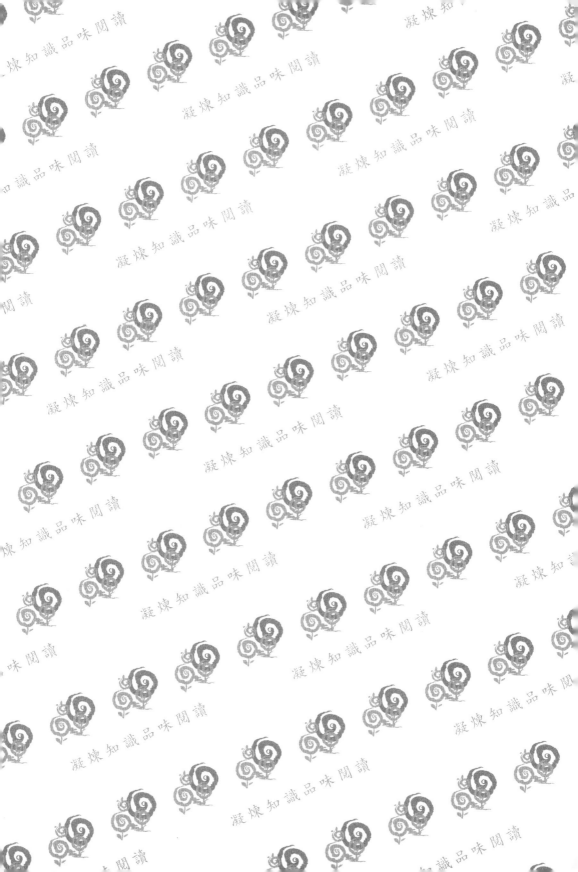

中國古典小說選讀————

四大奇書

曾世豪——

——著

五南圖書出版公司 印行

自 序

　　「四大奇書」是華人世界家喻戶曉的古代小說經典，中學的孩子在國文老師的傳授下，大概都能順著「山水吸睛」這類的口訣，記住《三國演義》、《水滸傳》、《西遊記》、《金瓶梅》這四本書的書名，但是除了課本的選篇，如「空城計」、「大鬧桃花村」、「美猴王」等，能夠實際去閱讀或甚至瀏覽一遍的人，可能數量就很有限了——遑論那讓人遮遮掩掩，彷彿禁書一般的《金瓶梅》，它根本被屏除於國文課本之外，不管文白之爭如何沸騰，恐怕都不會入於編委的口袋名單。

　　即使真有好奇心旺盛的同學，按圖索驥地從圖書館找到了這四本小說，坐下來細細玩味，但僅僅是讀過故事、認識故事，卻仍不見得就等於讀懂了故事。這是為什麼呢？首先，與其他的文體不同，「四大奇書」屬於長篇章回小說，亦即100回是這些作品的基本篇幅，人物眾多、頭緒繁多、事件之間的因果關係都構成了接收的困難。另一方面，雖然說是小說，實際上「四大奇書」又有著顯著的綜合性：除了敘事的散文作為主軸外，「有詩為證」一類的韻文亦三不五時點綴其中，這些韻文與故事本身大多保持著一定的距離，卻潛藏了作者所欲傳遞的深層寓意。

由於上述的兩種文體特徵，「四大奇書」的閱讀格外需要耐心，這時想要靠一己之力去參透小說的宗旨就不那麼容易。所以除了正文以外，與成書時代相近的明清文人的評點，像是李卓吾、金聖歎、毛宗崗、張竹坡等，就成了燈塔般的存在，讓讀者不致於迷失於茫茫文海當中。此外，現代學者也紛紛對小說提出精彩的考證與論析。兩岸三地自不待言，其他包括日本、美國等異域的漢學家，亦提供了「他山之石，可以攻錯」的特殊角度，這些都有助於我們去揭開「四大奇書」的神祕面紗。

　　因此，想要真正地欣賞「四大奇書」，實際上包含了最基礎的閱讀，再來還必須參考評點及海內外的學術研究成果──這對於一個剛進入大學殿堂的孩子而言，的確不是那麼容易的事情。回首過去我自己的求學生涯，大學時系上雖有開設古典小說相關課程，但主要是唐傳奇、宋元明話本或《聊齋誌異》這樣的短篇小說，再者是《紅樓夢》的專書選讀，「四大奇書」其實是相對陌生的存在。一直到了研究所之後，才在李豐楙老師、高桂惠老師、胡衍南老師的課堂上，看小說、讀論文，慢慢去貼近「四大奇書」的樣貌。對當時的我而言，最驚訝的包括《水滸傳》原來影射了兩宋之際「忠義人」的故事、《西遊記》竟是一個完整的內丹修煉寓言，其他像《三國演義》充滿了似是而非的反諷、《金瓶梅》不只寫了「性」，更道出了「人性」的憐憫與哀愁……真有如打開百寶箱一樣，處處都是連城璧。

身爲一個學者，「教學」與「研究」是相輔相成的兩個重要工作，我的學術生涯也是如此。最初我不過是在三峽老街附近的一間補習班求稻粱謀，爲了吸引國中頑童的興趣，胡謅起了張遼與關羽的友情故事；後來苦惱於碩士論文題目不知道從何下手，覺得從講臺上的經驗來看，《三國演義》好像算是相對熟悉的文本，便寫了《虛實與褒貶：《三國演義》變異書寫之研究》這樣生澀的題目。到了博士班，爲累積資歷，我申請母校的大一國文（通識課程）兼任講師，由於碩論的撰寫，同時比較了《三國演義》與其他三本奇書的異同，讓我有感於學界許多意見藏之名山，未能通邑大都，誠然可惜，便設計了以「四大奇書」爲主的課程架構。就這樣，在星期一下午的政大季陶樓302教室，開始對著文、傳、外語及理學院的學弟妹分享——當時怎樣也沒想到，這竟是這本書撰成的濫觴。

　　博士班階段，我的研究從《三國演義》轉向古典說部中的異族與海洋（倭患書寫），暫時與「四大奇書」沒有太大的關聯；不過，在每學期聆聽同學的導讀、報告，還有線上問題與討論的激盪之下，總覺得文本的某些段落確有其趣味性，應該可以再去思考與辨析。因爲這樣的緣故，「四大奇書」及其續書中的道德意識，變成了我畢業後撰寫論文主要關注的焦點，更讓我覺得「教學相長」雖然是句老掉牙的俗諺，但它果然是問學路上的不二指南。

　　我曾在政治大學、上饒師院，以及現在任教的臺北教育大學開設以「四大奇書」爲中心的古典小說課程，實現向大眾推

廣的初衷,但影響力仍極其有限,所以非常感謝五南圖書出版公司黃文瓊副總編輯的主動邀請,讓我有這個機會把課堂上欲傳遞的想法訴諸文字。本書的集結,不管對於我在教學上思緒的整理,抑或在與學界的交流上,皆有著莫大的助益。也很感謝五南圖書吳雨潔女士及美編的細心,讓本書得以臻於完善。另外,本書所引用之圖片,得到南港護國九天宮管理委員會及廖宣惠學姐的慷慨授權,謹致謝忱。至於我在北教大的助理:林妤同學、蔡鎧婷同學、陳映宇同學,則協助了本書的初步校對,在此亦一併表示謝意。也謝謝過去修習我的課的學生,你們在學期末的正面回饋,讓我有信心將此書付梓。最後,謝謝我在天上的六叔,小時候您跟我說「武松打虎」的故事,讓我印象深刻,並相信不管什麼學科背景的人們,都有一顆喜歡聽故事的心。

本書的章節安排,係以「人物」、「創作意識」(包含架構)、「寓意」及「反諷」爲四大主軸,包括《三國演義》人物藝術、創作意識、褒貶筆法;《水滸傳》譎降神話、忠義群體、暴力敘述;《西遊記》諧謔對話、丹道寓言、放心哲學;《金瓶梅》世情書寫、敘事符碼、反諷色彩,所選的文本敬請詳見正文。儘管本書以教材爲自我定位,但筆者不敢掠美,文中所徵引的觀點,主要參考自浦安迪(Andrew H. Plaks)、李豐楙、孫述宇、劉勇強、王崗、廖宣惠、中野美代子、侯文詠、田曉菲(按照章節順序)等前賢的意見,加上個人一些淺陋的想法,期能成爲讀者打開「四大奇書」門扉的一把鑰匙。

但，這把鑰匙亦不過幫助我們一窺廊廡而已，要想深入「四大奇書」之堂奧，終究必須「浸泡」在文本當中——這是我的恩師高桂惠老師所用的詞彙：「浸泡」在字裡行間，隨著歲月增長、智識積累、歷練加添，相信在每一個人生階段再重新閱讀「四大奇書」，乃至於任何經典的文本，都會有不同的體悟，期待您也能感受到中國古代小說的魅力。

曾世豪誌於國立臺北教育大學篤行樓Y428研究室
2021年2月10日，歲次庚子臘月小年夜

目　次

《三國演義》

人物藝術

（課前閱讀：第50回〈諸葛亮智算華容，關雲長義釋曹操〉）①

（一）奇局、奇手、奇人

　　我們的課程介紹的是「四大奇書」，而關於「奇書」之「奇」，可以怎麼樣地去認識呢？署名「金人瑞聖歎氏」的序文提出了一個可以參考的解釋：「三國者，乃古今爭天下之一大奇局，而演《三國》者，又古今爲小說之一大奇手也。」誠然，在演述分疆裂土之勢的格局時，三足鼎立的局面相對楚漢爭霸的過於單調；戰國七雄、五胡十六國或五代十國的過於複雜，具有均衡頡頏的平衡之美，又不失合縱連橫的變化。且「自古割據者有矣，……其間乍得乍失，或亡或存，……從未有六十年中，興則俱興，滅則俱滅，如三國爭天下之局之奇者」。曹、劉、孫鷸蚌相爭，而最後由司馬家坐收漁翁之利，這真是中國歷史上最曲折的一場分合之局。「奇局」已引人側目，再加上小說家的「奇手」——有條不紊地整理史乘、筆記、雜劇、平話等不同來源的三國故事，鋪陳爲紀事完整的章回體例，文不甚深，言不甚俗，確實有讓讀者手不釋卷的獨特魅力。

　　而支撐起《三國演義》天下三分大勢的，正是星散於魏、蜀、吳不同陣營的人才們。所以「金人瑞聖歎氏」又說：「曹操一生，……爲敵者衆而爲輔者亦衆：此又天之若有意以成三分，而故留此奸雄以爲漢之孟賊。且天生瑜以爲亮對，又生懿以繼曹後，似皆恐鼎足之

---

① 本課程觀點除個人意見外，主要參考自浦安迪（Andrew H. Plaks）著，沈亨壽譯：《明代小說四大奇書》（北京：生活・讀書・新知三聯書店，2015年），〈《三國演義》：義士氣概的侷限〉部分，惟內容經筆者內化，無從一一加注，特此說明。

中折。」當曹操席捲河北，併吞荊州，眼看要掃蕩孫、劉時，卻有周瑜、諸葛亮跳了出來，並打了一場漂亮的赤壁之戰，用烈火與東風遏止了可能失衡的局面。無獨有偶，在劉備中道崩殂後，諸葛亮決定帶領蜀漢孤注一擲，率師北伐，也曾經震動了中原，若不是司馬懿臨危受命，步步為營，則曹魏可能為之易幟——司馬懿反而弔詭地護持住了諸葛亮初出茅廬時所精心擘畫的「三國鼎立」的藍圖。

　　由此，人才在小說中的重要性可見一斑。此外，不只從維繫時局的角度可以看到小說人物的關鍵性作用，即使就藝術層面來說，小說人物也是《三國演義》引人入勝的重要成因。毛宗崗在〈讀《三國志》法〉指出：「古史甚多，而人獨貪看《三國志》者，以古今人才之聚（眾）未有盛於三國者也。觀才與不才敵，不奇；觀才與才敵，則奇。觀才與才敵，而一才又遇眾才之匹，不奇；觀才與才敵，而眾才尤讓一才之勝，則更奇。」「觀才與不才敵」，例如張飛、關羽號稱「萬人敵」，但最初亦不過擊破黃巾賊首如鄧茂、程遠志之流的龍套角色，怎麼可能滿足讀者？所以後來有了夏侯惇、許褚、徐晃、張遼、太史慈、周泰、甘寧、凌統等驍勇之士的點綴，才添了幾分你來我往的味道。

　　話又說回來，《三國演義》不比《說唐全傳》「十八條好漢」的榜單系統，明白排序了李元霸、宇文成都、裴元慶、雄闊海……之武藝，書中人物「誰強誰更強」的疑惑難免縈繞於讀者心中。例如張飛被譽為「於百萬軍中，取上將之首，如探囊取物」（第42回），而許褚「此人勇力過人，人皆稱為『虎癡』」（第58回），那麼這兩人到底誰比較高竿？或許可從「錦馬超」與這兩人的交手嗅出一點端倪。第59回許褚曾「裸衣鬥馬超」，雙方打了一場酣暢淋漓的惡戰；而在第65回，輪到張飛與馬超廝殺，這次，兩位好漢從大白天打到日影西斜還不過癮，非要「挑燈夜戰」才結束這場驚天地、泣鬼神的比試。所以，不管張飛、馬超或許褚，他們都稱得上是「才與才敵」的「奇

人」，棋逢敵手，無分軒輊。

　　但即使是這樣，《三國演義》的「才與才敵」還是不夠「奇」，因爲我們還是想知道，到底在「眾才之匹」中，有沒有眞正出類拔萃的存在？在小說第5回的故事中，似乎爲我們設置了一座難以攀越的高峰，而這座高峰的名字就叫呂布：「飛抖擻精神，酣戰呂布。連鬪五十餘合，不分勝負。雲長見了，把馬一拍，舞八十二斤青龍偃月刀，來夾攻呂布。三匹馬丁字兒廝殺。戰到三十合，戰不倒呂布。劉玄德掣雙股劍，驟黃鬃馬，刺斜裡也來助戰，這三個圍住呂布，轉燈兒般廝殺。八路人馬，都看得呆了。」不僅張飛、關羽兩人聯手「戰不倒呂布」，就連劉備加入助陣，呂布還是能全身而退。這位所向披靡的悍將，無愧於「人中呂布，馬中赤兔」的響亮名號，一把方天畫戟縱橫天下，雖然只活躍於全書前19回，但還是贏得了「溫侯呂布世無比，雄才四海誇英偉」的詩贊，也爲讀者烙下了「眾才尤讓一才之勝」的印象。

　　毛宗崗進一步說道：「吾以爲三國有三奇，可稱三絕：諸葛孔明一絕也，關雲長一絕也，曹操亦一絕也。」諸葛亮是「智絕」，關羽是「義絕」，曹操則是「奸絕」，這三位無疑是小說當中的靈魂人物；很難想像如果抹去了諸葛亮的談笑用兵、關羽的義薄雲天，以及曹操「挾天子以令諸侯」的老奸巨猾，這部小說還會有這樣的張力嗎？而在其中，由於諸葛亮的「智絕」在中學國文課本中已經透過「空城計」、「草船借箭」等篇章而爲人周知了，其失敗則會在之後的章節進行介紹，所以我們在此將聚焦於曹操與關羽——這兩人剛好處於道德光譜的兩端，但卻在《三國演義》中產生巧妙的互動，這也是過去中學未能涵蓋的部分，我們可以透過「華容道」之故事來窺探橫亙其中的是非恩怨。

（二）攬人才而欺天下的曹操

　　毛宗崗對於曹操的評價，首先著眼於其「攬人才而欺天下」的謀略，這意味著要在梟雄之中鶴立雞群，擴張版圖，人才是第一順位的條件。曹操確實擁有識才、愛才的領袖特質，他不在意陳琳曾助袁紹起草檄文，甚至痛罵了自己的祖宗，反而將這位筆鋒尖銳的文人收為己有，表現出寬厚的一面；他不派人追殺千里走單騎的關羽，寧願縱虎歸山也要成全其追隨劉備的志向，這也是過去曹操對於關羽投降條件的承諾，這樣的選擇是信義的展現。

　　而說到了曹操對關羽的賞識，則可以追溯到十八路諸侯集結討伐董卓時的場景。小說第5回寫董卓麾下有位叫做華雄的將領，一登場便接連斬殺了鮑忠、祖茂、俞涉、潘鳳等軍官。眾人束手無策，盟主袁紹也感歎：「可惜吾上將顏良、文醜未至！得一人在此，何懼華雄？」言未畢，有人請纓出戰，眾人向發出聲音的方向看，映入眼簾的是身長九尺，髯長二尺；丹鳳眼，臥蠶眉，威風凜凜的關雲長。關羽無疑擁有睥睨群雄的武藝，但可惜此時僅僅充當馬弓手的職位，當場被轟了下去，而挺身為之辯護的，正是曹操。關羽在曹操的保證下出戰，且就在一片鼓聲矗矗當中，很快地帶回了華雄首級，當時要為其壯行的熱酒都還是溫的呢！於是關羽於天下英雄面前初試啼聲，便一鳴驚人！

　　相對驕傲於「四世三公」顯赫身分而瞧不起關羽的袁紹、袁術（這兩人的耀眼顯然只是流星般的存在，比不上今日關帝廟仍香火鼎盛，萬人景仰），曹操識才又愛才，因此毛評曾說過：「曹操見才便愛，哪得不成大業？」（第14回）而其籠絡人才的手段，在第20回中展露無疑。當時曹、劉聯手打敗了呂布，而呂布部將張遼雖然被五花大綁，卻毫無懼色，大罵曹操是國賊。盛怒不已的曹操原想手刃張遼，可是關羽卻為之下跪求情。何以如此？原來早在兩家對敵之時，

關羽就看出張遼有忠義之氣，希望他棄暗投明，而眼見張遼就要命喪黃泉，不顧男兒膝有下黃金，也要救助他的性命。曹操本就愛惜關羽，愛屋及烏狀況下，不但親解其縛，還解衣衣之，終於招納了張遼這位忠義之士。

事實上，曹操陣中許多健將都是投降者，包括徐晃、張遼、張郃、龐德等等，這些人也用盡全力去報答其知遇之恩。畢竟，對一位武將來說，最恥辱的一件事就是投降，這如此丟臉的事情他們已經做過一次了，要洗刷這樣的恥辱，就只能靠燃燒生命的餘燼，全力地侍奉新的君主。最具代表性的，莫過於第74回「擡櫬決死戰」的龐德——為了粉碎曹操對他陣前倒戈的質疑，他打造了一口棺材，決心將駐守荊州，使主公芒刺在背的關羽的頭顱裝入其中，或者自己馬革裹屍後躺進去，最終用死回報了魏王的厚愛。這位「曹賊」的「忠臣」，用鮮血為自己在《三國演義》留下了令人動容的身影。

毫無疑問的，曹操同時也是一位不屈不撓的領袖，他在面對挫折時的笑聲迴盪於全書之中。在本回「華容道」故事中，曹操三次笑周瑜無謀、諸葛少智，卻接連笑出了趙雲、張飛、關羽等攔路虎，看上去雖然有些滑稽，但更多的時候鼓舞了部下東山再起的勇氣。當第12回曹操從濮陽城的惡火中歷劫歸來，驚險逃出呂布所設計的陷阱時，他的反應是「仰面笑曰：『誤中匹夫之計，吾必當報之！』」；而第58回曹操靠著許褚護駕，僥倖躲過馬超的追殺時，他依舊「大笑曰：『我今日幾為小賊所困！』」莫怪乎此回署名「李卓吾」的評點者會說：「老瞞每到敗後愈有精神，真奸雄也。」

而事實上，在與呂布、馬超的對壘中，最後受到勝利女神眷顧的也的確是曹操。不只是如此，當曹操經歷過灰頭土臉的赤壁慘敗，他也並未一蹶不振，反而說道：「吾今暫回許都，收拾軍馬，必來報仇。」到了第61回時，他果然恪守承諾，帶領四十萬軍馬浩浩蕩蕩兵臨濡須口，震動江東。

眾所皆知，曹操被稱為「治世之能臣，亂世之奸雄」，其中「奸雄」指道德上雖然有所虧損，但在才幹上又確實有令人推舉的高度②，使得此人擁有複雜的生命特質。當曹操被批評「託名漢相，實為漢賊」時，他也說過自己只求在墓碑刻上「漢故征西將軍曹侯之墓」（第56回），並說如果真有所謂天命的話，「孤為周文王矣」（第78回），表明自己一生都是漢朝的臣子。

　　這樣的曹操，又曾親冒矢石地率軍勤王，抗擊僭越稱帝的袁術，其鞭撻宇內的戎馬生涯，的確很難賦予他一個一槌定音的評價。就連毛評本《三國演義》也不打算將曹操置於道德天平的極端，而是在其身後留下這樣耐人尋味的詩評：「功首罪魁非兩人，遺臭流芳本一身」、「書生輕議塚中人，塚中笑爾書生氣」（第78回）。更微妙的是，儘管曹軍以殘暴著稱，所到之處劫掠、屠戮是家常便飯，但是在冀州與袁紹的戰爭中，卻有土人「簞食壺漿」而來，宣稱「丞相興仁義之兵，弔民伐罪」（第31回），衷心地歡迎曹軍。由此可見，不管一位領袖如何受到政敵攻訐，都有一定的群眾支持的基礎，曹操顯然並不是一無可取的獨夫。

　　無論「能臣」或「奸雄」，到底都是外部予以的論斷，令人好奇的是，曹操本人對自己一生所為的認知是什麼？在《三國演義》第78回，終於輪到年邁的魏王謝幕的時刻。在羸弱、恍惚之際，過去為曹操所害的皇族、忠臣幽靈，一一來到面前索命，讓其苦不堪言。此時群臣建議找道士祈禳，他卻是：「歎曰：『聖人云：「獲罪於天，無所禱也。」孤天命已盡，安可救乎？』遂不允設醮。」在某種程度上，曹操似乎對自己這輩子雙手沾滿鮮血的罪愆頗有覺悟：禱告是沒有用的！

---

② 可參見浦安迪著，沈亨壽譯：《明代小說四大奇書》，頁445。

就這樣，上至天子，下至庶人，無不懼之的梟雄，無助地迎接死神的降臨。最後小說家用八個字去寫他的離世：「長歎一聲，淚如雨下」。曾在用淚水作錢帛、作梃杖，去痛惜典韋、郭嘉之隕落，展現籠絡人才之手腕的可愛奸雄，終於也用淚水澆奠自己的生命。這讓讀者體會到：原來巍峨的山巒在崩塌的瞬間，竟也脆弱的猶如細沙一般，令人唏噓不已。

（三）傲上而不忍下，欺強而不凌弱的關羽

接著，我們把目光放在關羽的身上。關羽在小說當中是「義」的化身，他手捧一本《春秋》，更為後世讀者示範了「忠義」之綱領。那麼，首先我們可以問的是，什麼叫做「義」呢？「義」可以是「合宜的事情」、「正道、正理」，換言之就是「正當性」，再白話一點來說，做對的事情就叫做「義」。[3]所以我們不妨由關羽熱衷的《春秋》出發；在談到孔子為什麼作《春秋》這個問題時，孟子是這樣說的：「世衰道微，邪說暴行有作，臣弒其君者有之，子弒其父者有之。孔子懼，作《春秋》。……孔子成《春秋》，而亂臣賊子懼。」

在孔子所處的時代，禮壞樂崩，僭越之事此起彼落。當時的亂臣賊子之所以肆無忌憚，是因為沒有史論的壓力，手握大權者可以建構自己的正當性，亦即是以「政治正確」為正道，這樣的情況讓孔子憂慮不已。而當《春秋》撰成後，一字之中可以蘊含褒貶，則道德評價取代了政治地位。一件事情的對錯與否，不再是統治者說了算，那就是以「道德正確」為正道，也就是「義」的規範性意義，搖撼了政權的穩固地位，因此輪到亂臣賊子感到畏懼。

---

[3] 詳見勞思光：《新編中國哲學史》（臺北：三民書局股份有限公司，1999年），第3章〈孔孟與儒學（上）〉，頁113-116。

《三國演義》本身就是一部講述「義」的作品，且開篇第1回便是「桃園三結義」這家喻戶曉的名場景。而在「桃園三結義」故事之中，最爲著名的一段話莫過於三兄弟的誓言：「不求同年同月同日生，但願同年同月同日死」，幾乎成爲後世幫派聚義的精神支柱。但仔細想想，這樣的誓言展現的不過是私人之間的情誼，甚至沒有考慮到「正當」與否的問題，爲什麼會變成中國文學中義結金蘭的典範呢？關鍵在於這三兄弟的誓言前面還有一個更高聳的前提：劉、關、張三人沒有血緣關係，今天之所以集結起來，是因爲同樣有感於漢室傾頹，天下動盪，黃巾之亂造成生靈塗炭，因之我們有共同的目標：「上報國家，下安黎庶」，既拯救這個國家，也要救濟苦難的老百姓。

　　「義」之爲大，莫過於此，所以一直以來，關羽與劉備的兄弟之情，一直是「公義」（大義）與「私義」（小義）的齊頭並進，兩者的方向是一致的，關羽對於「義」從來沒有什麼掙扎，直到在華容道攔截曹操爲止。自「溫酒斬華雄」以來，曹操就對關羽念念不忘，後來終於因爲關羽與劉備失散，在保護嫂嫂的權宜之下，短暫加入曹營。爲了使關羽改轅易轍，曹操三日一小宴，五日一大宴，上馬一提金，下馬一提銀，無所不用其極地想要感動他。無奈關羽終究是關羽，在得到劉備下落後，哪怕過五關、斬六將也要追隨到底。雖然曹操籠絡關羽的行動失敗了，但卻讓關羽點滴在心頭，相較於呂蒙、張飛以「曹賊」稱呼曹操，關羽開口卻是「等候丞相多時」，實已有不殺之意。

　　儘管關羽試圖畫出一道「公」與「私」的界線：「昔日關某雖蒙丞相厚恩，然已斬顏良，誅文醜，……今日之事，豈敢以私廢公？」「豈敢以私廢公」聽上去雖然鏗鏘有力，毫無轉圜的餘地。然而，狡猾的曹操卻打蛇隨棍上，用了一個無懈可擊的典故軟化關羽：「將軍深明《春秋》，豈不知庾公之斯追子濯孺子之事乎？」

子濯孺子是鄭國的武將，庾公之斯則是爲衛國效力，兩人都是神射手。兩軍交戰之際，庾公之斯奉命追擊生病不能持弓的子濯孺子，但是庾公之斯的師父尹公之他其實是子濯孺子的徒弟，換句話說，子濯孺子是庾公之斯的師祖。此時，庾公之斯雖然說道：「今日之事，君事也，我不敢廢」，但考慮到自己的技術其實輾轉學自子濯孺子，不忍心以其人之道，還治其人之身，所以最後射了幾支沒有箭頭的箭回去。曹操舉此例，其實是在告訴關羽：關將軍！當你說「今日之事，豈敢以私廢公」，與當年庾公之斯說「今日之事，君事也，我不敢廢」一模一樣，但最後庾公之斯卻放過了子濯孺子！雲長你是這麼熟讀《春秋》的人，一定也知道這個故事；請你也做一樣的決定，放過我曹操吧！天下人也會像稱頌庾公之斯一樣，稱頌你的「義」！

　　這樣的說辭，確實奏效。在此之前，程昱已向曹操說過：「某素知雲長傲上而不忍下，欺強而不凌弱；恩怨分明，信義素著」，意思是說關羽的人格特質就是輕侮位階或實力對等或比他還高的人，例如士大夫或武將，但對於下層百姓或弱者，則存有憐憫之心。包括諸葛亮言關羽是「剛而自矜」（第78回），都是突出其高傲並重視名聲的一面。如果此時擒殺國賊曹操，雖然維護了匡扶漢室的「公義」，但也同時背負了忘恩負「義」（私義）的罪名，關於「義」的抉擇，首次來到了進退維谷的分岔路。

　　再加上此時經歷大火、追兵、飢餓、酷寒、泥淖交迫的「曹軍惶惶，皆欲垂淚」，甚至「哭拜於地」，又一次地衝擊著關羽的心防。壓倒駱駝的最後一根稻草的，是殿後的張遼，這位關羽所認定的忠義之士無語地爲主人馳騁而來，歷盡滄桑，此時又怎麼忍心戕害故交？最後連同曹操、曹軍，以及曹營一班武將在內，關羽盡皆釋放了。

　　縱然關羽放過曹操的決定維護了「私義」，小說家也認可這樣的舉止，把這回的回目命名爲「關雲長義釋曹操」，意思就是關羽的做法合乎「義」的範疇，但是這畢竟爲漢朝帶來了無窮的後患。關

羽的「傲上而不忍下，欺強而不凌弱」使之帶有某種程度的自負，他所藐視的對象包含了顏良（第25回目之爲「插標賣首」的貨色）、孫權（第73回拒絕其聯姻的要求，竟言「吾虎女安肯嫁犬子乎」），甚至年邁的同僚黃忠（第73回兩人並列五虎大將，怒曰「大丈夫終不與老卒同伍」）。隨著關羽的功業達到巔峰，水淹七軍，威震華夏，他卻在此時違背諸葛亮所交待的「東和孫權」的方略，後防空虛，被呂蒙白衣渡江，遂失足於其鄙夷的「江東群鼠」手上，造成「大意失荊州」的最糟糕的結果，自己亦敗走麥城，魂斷東吳。

關羽的死亡歸咎於「剛而自矜」的人格特質，他的義弟張飛則是「暴而無恩」，素來禮遇士大夫，但是卻喜歡在泥醉後鞭撻士卒，對地位低階的人視若草芥。這樣的惡習在關羽亡故後變本加厲。第81回有感於桃園三結義的誓言，張飛抱著已貴爲天子的劉備的腳，哭求大哥爲二哥報仇，獲得了劉備的應允，自己則回到閬中，要求屬下在三日之內，爲全軍打造白旗白甲。這樣無理的命令根本辦不到，可是一旦不從，就會被打到遍體鱗傷。屬下不堪於張飛的虐待，一不做，二不休，趁夜將刀刃刺進他的腹肚——曾喝斷長坂橋，令百萬曹軍喪膽的驍將，就這樣喪於無名小卒之手，死得還不如個蝦蟹泥鰍！

怒不可遏的劉備顧不及聯吳抗魏的「大義」，爲了兩位義弟的「小義」而出兵江東，但也以火燒連營七百里的慘敗坐收，蜀漢亦隨之元氣大傷。從關羽「義釋曹操」到劉備「興兵雪仇」，甚至於第10回曹操爲報父仇而下令血洗徐州的暴行，用浦安迪（Andrew H. Plaks）的話來說，就是這些人：「過分拘執於義理結果反而會釀成不義的事態」。④《三國演義》鋪排了許許多多關於「義」的故事，蕩氣迴腸，但最後的走向，也往往能夠留給讀者深沉的省思。

---

④ 浦安迪著，沈亨壽譯：《明代小說四大奇書》，頁461。

（四）排比人物張遼

在曹操與關羽的互動之間，有一位穿針引線的人物也頗為重要，不可忽視，那就是我們在前面屢屢提到的張遼。在小說敘事學中，有一種概念稱為「排比人物」（personages-anaphores），指作品內部前後出現互相參照的人物，這類人物存在於作品本身，他們通過文中的切分成分形成呼應，具有結構作用。⑤相較於主要人物，排比人物在某些面向與之相似，功用在於烘襯主要人物的風采，形成聯翩映照的關係。

例如關羽之為主要人物，是為「義絕」的代表，有過投降的經歷，曾被冊封為「五虎大將」，也是統領荊州的邊臣。無獨有偶，魏營的張遼被關羽認定為忠義之士，在白門樓轉投曹操，史實中與樂進、于禁、張郃、徐晃並列為「五子良將」，在赤壁戰後，更被曹操賦予重責大任：「合淝最為緊要之地，吾令張遼為主將」。後文孫權兩次入侵合淝（第53回、第67回），都被駐紮於此的張遼打得落花流水。

張遼在小說中的關鍵作用不只於此，在結束了共同打擊呂布的同盟後，曹、劉兩大陣營的關係迅速降溫，幾番對壘後，劉備、張飛各自被亂軍沖散，只剩關羽孤守於一座土山（第25回）。曹操想要招降關羽，但平常的說客都無法入於高傲的關羽眼裡，去也只是肉包子打狗。如此則曹操也很難網開一面，關羽的性命可說是置於鼎鑊，情況相當危急。此時自願扮演說客的不是別人，正是張遼。我們不難想像，在白門樓高聲痛罵曹操的張遼，因為關羽的屈膝一跪，換來了一線生機；現在輪到關羽處於生死之懸崖了，張遼當然必須報答，伸出

---

⑤ 由菲利浦・阿蒙（Philippe Hamon）提出，可參考胡亞敏：《敘事學》（臺中：若水堂股份有限公司，2014年），頁148。

援手——張遼不愧是關羽所認證的忠義之士，非常清楚銜環結草的道理。

於是張遼隻身上了土山，以敘舊為由，開啟了招降關羽的話題。關羽本欲以一死賺得「忠義」之名聲，但張遼則說這樣有三罪：一是違背「桃園三結義」同死的誓言；二是無法保護兩位嫂嫂；三是失去了匡扶漢室的契機，如此哪能稱得上「義」呢？看來張遼對於劉、關、張「上報國家，下安黎庶」的初衷相當熟稔。反之，如果願意暫時加入曹營則有三便：一是保二夫人；二是不背桃園之約；三是留有用之身。關羽沉吟一陣，向張遼約定三事：一是關羽「只降漢帝，不降曹操」；二是善待兩位嫂嫂；三是一旦知道劉備下落，天涯海角也要投奔而去。

首先是「降漢不降曹」，我們在此可以看到「義」在曹操、關羽心目中的不同分量。對關羽來說，道德的標準必須劃分明確，才能釐清什麼是「正當性」。可是對於曹操來說，自己是漢相，則漢朝就是我曹操，降漢就是降曹，這顯然就是亂臣賊子的思維，只以政治地位來看一件事的正確與否，混淆了正道的分際。第二點很單純，對關羽、曹操來說都不是什麼問題。但是第三點讓老奸如曹操者亦不免躊躇：「然則吾養雲長何用？」

眼看關羽又往死亡的命運更靠近一步，張遼連忙回答：「豈不聞豫讓『眾人國士』之論乎？」豫讓是春秋時代人物，侍奉晉國的權臣智伯。後來智伯被趙襄子殺害，豫讓漆身吞炭，欲刺殺趙襄子，但卻被識破。趙襄子問豫讓，為何如此執著於對「智伯」的「忠」，你過去不也侍奉其他君主嗎？豫讓的回答是，因為別人用眾人的方式對我，我就用眾人的方式回報；智伯把我當作國士無雙的人才，我就用國士無雙的方式回報。

張遼舉這個例子，意在告訴曹操：關羽之所以忠於劉備，是因為劉備對關羽好，如果曹操願意用比劉備更加倍的方式對待關羽，相信

他也會有所轉移。儘管最後關羽還是揚長而去了，但曹操也並非一無所獲。正所謂「失之東隅，收之桑榆」，曹操雖然沒有留下關羽，卻得到了張遼這樣的忠義之士，我們讀到這裡，也會恍然大悟：張遼所說的這番道理，不只是在試著說服曹操，也試著說服自己，後來他果然用國士無雙的方式為曹魏鎮守合淝，不讓孫吳越雷池一步。秉持豫讓「眾人國士」之論的人才們，投身於《三國演義》江流石不轉的奇局當中，他們的精神也在一代又一代讀者的閱覽中，持續散發著璀璨不墜的光芒。

◎閱讀與思考：如果你是關羽，是否會選擇縱放曹操？為什麼？如何消解「公義／私義」之間的矛盾？

創作意識

（課前閱讀：第103回〈上方谷司馬受困，五丈原諸葛禳星〉）⑥

（一）後見之明的回顧

　　關於《三國演義》的主題，沈伯俊曾歸納出「歌頌理想英雄說」、「讚美智慧說」、「天下歸一說」、「分合說」、「謳歌封建賢才說」、「悲劇說」、「仁政說」、「追慕聖君賢相魚水相諧說」、「宣揚用兵之道說」等說法，自己則又概括成「嚮往國家統一，歌頌忠義英雄」之說⑦，可謂眾「說」紛紜，蔚爲大觀。在此，我們無意針對以上諸說提出反駁，但可以留意的是，《三國演義》作爲講史小說，演述的是已然發生的歷史；而對於後世讀者來說，無論我們同情的是魏、蜀、吳哪一個陣營，基本上都可以預見他們被司馬氏坐收漁翁之利的結局——亦即三國實無眞正的贏家，他們都是一群「失敗者」，等待著他們的是某種必然性的命運。

　　儘管如此，我們還是喜歡三國的風雲人物，欣賞他們勇往直前，赴湯蹈火的奮戰。何以如此？因爲在他們的身上，作爲讀者的我們，看到了一種堅忍不拔的意志力，他們不知道未來的走向，但即便傷痕累累仍不斷地去碰撞。從三國人物身上，我們看到了「意志」跟「命運」的拔河，這樣的拉扯，有時候就會被化約爲「人」與「天」的對抗與辯證。

---

⑥ 本課程觀點除個人意見外，主要參考自浦安迪著，沈亨壽譯：《明代小說四大奇書》，〈《三國演義》：義士氣概的侷限〉部分，惟內容經筆者內化，無從一一加注，特此說明。

⑦ 沈伯俊：〈嚮往國家統一，歌頌「忠義」英雄——論《三國演義》的主題〉，《天府新論》第6期（1985年），頁42-46+31。

在《三國演義》第116回，因征討蜀漢的曹魏大將鄧艾、鍾會各自做了一夢，讓毛宗崗有感而發：「不獨兩人之事業以成夢，即三分之割據皆成夢。先主、孫權、曹操皆夢中之人。西蜀、東吳、北魏盡夢中之境。誰是誰非，誰強誰弱，盡夢中之事。讀《三國》者，讀此卷述夢之文，凡三國以前，三國以後，總當作如是觀」。誠然，鼎足三分的事業有時如夢一場，在今日通行的版本中，卷首以「是非成敗轉頭空」起始，卷末又以「後人憑弔空牢騷」作結，匠心獨運地以「空」字貫串全書，難免讓我們聯想到緇流所謂「眾因緣生法，我說即是空」的中觀之論。然而，儘管作者有意無意透露出「無常」的哀思，但其實魏、蜀、吳的先後覆亡也並非一無可取。就像在棒球比賽常聽到的：「贏球，一切問題都有答案；輸球，一切答案都有問題」，我們正是在「後見之明」的回顧中，試圖找到問題的答案，避免重蹈覆轍。職此，對於《三國演義》「創作意識」的討論，可以從這個角度去切入。

《三國演義》寫的是已然發生的歷史，面對的是一群對歷史發展了然於胸的讀者，那小說家如何製造敘事上的懸念，以滿足這樣高竿的讀者呢？在故事之中，往往會出現指向未來的「讖言」，並讓當局者迷的角色們去進行詮釋，也通常會出現「誤解」的情況。例如第6回，十八路反董聯盟銳不可擋，此時李儒根據童謠：「西頭一個漢，東頭一個漢。鹿走入長安，方可無斯難」，認為「西頭一個漢」是長安，「東頭一個漢」是洛陽，董卓應該由洛陽遷都長安，才可以否極泰來。但是，毛評卻認為，「西頭一個漢」指的是成都，「東頭一個漢」則是許昌，這暗示了劉備、曹操終將劃界對峙的情節走向。另外，第17回袁術稱帝，所根據的讖言是「代漢者，當塗高也」，以為自己的字「公路」正應此讖。可是，毛評則說「當塗高」的是「魏闕」，亦即古代宮門外的巍峨高大的闕門，這就為曹魏的篡國埋下了伏筆。

從語意的邏輯來看，李儒、袁術的解讀也不無道理，但我們仍然知道他們的說法是錯的，因為歷史的發展並不是如此，這便是「後見之明」。這種後見之明被概括成為「天命」的走向，漢、魏的興亡之所以是「天命」的必然，是因我們早就知道了歷史的發展。宇文所安（Stephen Owen）曾以「必然性的機械運轉」形容「天命」的作用，它有時與道德理想背道而馳，甚至凌駕於美德、智慧和善政之上；但可敬的是，主人公在註定要遭受不幸的情況下，仍舊令人崇敬地克服絕望情緒，屹立到最後一刻的精神。[8]

此奮發積極的力量，就是所謂的「人文精神」，而中國「人文精神」的確立，則是以孔子為最重要的里程碑。在遠古的殷商時代，人們習於用卜卦的方式決定大事，那時一切訴諸於鬼神天命。可是周朝建國，是以「小邦周」之姿取代了強悍的「大邑商」，人們開始相信人具有一定的自主性。到了孔子，更進一步發展出「義命分立」的論點：儘管早就知道周遊列國並無法落實自己的政治理念，但因為這是一件對的事情，只要是對的事情（義），就應該不計成敗（命），努力去嘗試。子路曾說：「君子之仕也，行其義也。道之不行，已知之矣」，這正是孔門處世之基準。

我們點出對於「天命」解讀的不同立場，是要說明一件事，哪怕從「後見之明」的前提來看，《三國演義》呈現出悲劇的走向，但在「天命」的大纛之下，作為「人」的自身的努力並非毫無意義；相反地，正是人類「意志」努力地去面對「命運」的挑戰，並在頹唐深淵中不斷起身，才突顯出「人文精神」的偉大。以這樣的眼光閱讀《三國演義》，諸葛亮在上方谷「謀事在人，成事在天」之歎喟，其實有商榷的空間。

---

[8] 宇文所安（Stephen Owen）著，鄭學勤譯：《追憶：中國古典文學中的往事再現》（臺北：聯經出版事業股份有限公司，2006年），頁79-81。

（二）謀事在人，成事在天？

在《三國演義》中，是以曹魏爲「天時」、東吳爲「地利」、蜀漢爲「人和」之代表，黃鈞曾提出如此看法：「曹魏得天時，東吳得地利，西蜀得人和，但結果卻是魏勝蜀敗。可見，天時不可違拗，人和不足以回天。這一宿命觀念是貫串全書的」。[9]然而眞的是如此嗎？第38回諸葛亮擘畫「三分天下」的藍圖，就曾明確點出曹操之雄踞北方，「非惟天時，抑亦人謀也」。這正與我們提過的，曹操是一位「攬人才而欺天下」之奸雄是互爲表裡的，若沒有文武薈萃的支持，光憑掌握勤王的時機就想稱霸於天下，亦恐力有未逮。

另一方面，在與「臥龍」諸葛亮並稱的「鳳雛」龐統身上，我們也可以看得出來「天」與「人」並非對立的關係，而是相互配合，彼此影響的。事見第63回，此時龐統正隨劉備入川，準備發揮機智，拿下沃野千里的益州，立下與自己聲名相稱的功勳。畢竟，在此之前，諸葛亮便已經以「新官上任三把火」的姿態，火燒博望、火燒新野、火燒赤壁，讓全天下都知道「臥龍」的本領，而龐統卻尚未立尺寸之功，他的心急可想而知。

可是，急躁之心遮掩了「鳳雛」的智慧，在出兵以前，諸葛亮請人捎來一封信，大意是他夜觀星象，發現太白臨於雒城之分，可能會於將帥不利。龐統認爲這是諸葛亮嫉妒自己將立下大功，所以拚命勸劉備出兵，而橫亙在劉軍面前的有大路和小路。龐統敦促劉備走大路，自己走小路，但凶險的小路可能有埋伏，劉備不願軍師冒險，並說昨夜夢到神人擊其右臂，醒來仍隱隱作痛，恐於龐統（軍師可以說是劉備的左右手）不利。

---

[9] 黃鈞：〈我們民族的雄偉的歷史悲劇——從魏、蜀矛盾看《三國演義》的思想內容〉，《社會科學研究》第4期（1983年），頁16。

龐統認爲以夢寐之事疑心是很不必要的，可是出發之前，他的馬卻忽然人立了起來，把主人摔在地上。劉備見到這樣情況，將自己所慣騎的溫馴白馬與軍師交換。誰曉得這一換竟然成了兩人命運的最大分水嶺——因爲龐統堅持走的小路確實有埋伏，而領軍的蜀將正好把劉備騎的白馬當作狙擊之標的，鳳雛就這樣亡於亂箭下，而這個喪命之地就叫「落鳳坡」！

毛評對這件事的看法是：「龐統未死之時，星爲之告變矣，夢爲之告變矣，馬又爲之告變矣；而統乃疑孔明之忌己，欲功名之速立，遂使鳳兮鳳兮，反不如鴻飛冥冥，足以避弋人之害。嗚呼！雖曰天也，豈非人哉！」龐統之註定走向死境，固然是因爲我們站在後見之明的位置所預知的必然性發展，但是究其根本，還是「人」的判斷失誤左右了「天」的最終結果。

由此投射全書，包括書中的「智絕」代表諸葛亮也是如此。前期的諸葛亮呼風喚雨，近乎天神，尤其主宰了決定三分大勢的赤壁之戰，力壓曹操，智勍周瑜，呼應了元雜劇〈諸葛亮博望燒屯〉所謂「便好道天時不如地利，地利不如人和」的樂觀心情。可是，雜劇基於搬演的時間限制，不可能演出完整的三國歷史，因此大多擷取老百姓愛好的片段，亦即劉勝曹敗，蜀漢國運處於上昇期的故事，而此時的諸葛亮因兵強馬壯，也往往表現出「運籌帷幄之中，決勝千里之外」的姿態。

然而，進入到小說中，爲了呈現三國的整體歷史，勢必會在蜀漢的興盛之外，寫到了衰敗的悲劇性結局。後期的諸葛亮，一肩扛起蜀漢國運下降期的重擔，欲振乏力，而這樣的困境肇始於關雲長敗走麥城、急兄仇張飛遇害，以及火燒連營七百里的連連失誤，自此蜀中無大將、阿斗扶不起，呼應了李商隱之詩句：「管樂有才終不忝，關張無命欲何如」——用俚俗的話來說，就是「巧婦難爲無米之炊」。

綜合來說，蜀漢的窳敗皆是「人」的因素所釀成的，而此時的

諸葛亮，也開始出現了許多屬於「人為」的失誤，甚至無力到只能求助於上蒼，失去了初出茅廬的通天本領。例如著名的「七擒七縱」段落，諸葛亮以優異的戰力、仁厚的風範收服南蠻酋長，乍看似乎寶刀未老，仍然是那位談笑用兵的臥龍先生。然而，仔細閱讀文本，會發現諸葛亮曾因毒泉、缺水等地理因素而坐困愁城，不得不焚香禱告於神靈，才被動地獲得奇蹟式的援救（見第89回）。最耐人尋味的是，一如浦安迪所注意到的，諸葛亮費盡千辛萬苦才高奏凱歌，但在蜀漢瀕臨滅絕的關鍵時刻，立誓效忠炎劉的南蠻兵卻並未發揮保駕護國的效用，那麼諸葛亮「七擒七縱」的戰略意義究竟何在？[10]

　　另一方面，為人津津樂道，並被選入中學教材的「空城計」故事，其實也是一連串失誤下所獲得的僥倖成功。諸葛亮率領的北伐軍在第一次進攻時，是以攻略長安為目標，我們從附圖中可以看到，相對於左邊祁山的山迢水遠，右邊子午道可謂打蛇打七寸，是最直接的進攻路線。

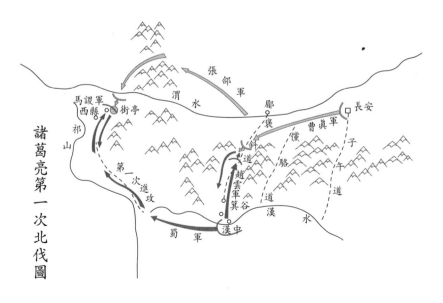

諸葛亮第一次北伐圖

⑩ 浦安迪著，沈亨壽譯：《明代小說四大奇書》，頁432-433。

第92回寫行軍之前，有一位叫做魏延的將軍便如此向諸葛亮獻策：「延願得精兵五千，取路出褒中，循秦嶺以東，當子午谷而投北，不過十日，可到長安。」可是，諸葛亮卻微笑以對：「此非萬全之計也。汝欺中原無好人物」，又說：「吾從隴右取平坦大路，依法進兵，何憂不勝？」「子午道奇謀」遂被棄置不用。從後來故事發展來說，諸葛亮確實節節勝利，看來魏延的想法實屬多慮，我們的武鄉侯雖然捨近求遠，但必能「鹿走入長安，方可無斯難」。可是，魏帝曹叡也不是省油的燈，他知道該是丟出王牌的時候了，於是諸葛亮一生中最大的勁敵：司馬懿，正式被放上了賭桌之上。

　　司馬懿一登場，諸葛亮也知道他的布局勢必需要調整，最重要的是保持糧草的供給，否則的話北伐所打下的成果將化為烏有，於是先派馬謖守街亭，王平、高翔，甚至猛將魏延都被調度去支援。又交待趙雲、鄧芝：「今司馬懿出兵，與往日不同。汝二人各引一軍出箕谷，以為疑兵。如逢魏兵，或戰、或不戰，以驚其心。吾自統大軍，由斜谷逕取郿城：若得郿城，長安可破矣。」（以上見第95回）

　　我們首先可看到的是諸葛亮準備發動的「奇襲」，是由附圖中間的箕谷進軍，直插郿城，然後一馬平川地攻克長安，雖然是繞過了兩軍對峙的前線，攻其不備，但畢竟與長安還有一段距離，如果諸葛亮這時候想得到這條路線，為什麼不一開始就從子午道出發呢？更要命的是，被諸葛亮託付重任的馬謖，是個紙上談兵的傢伙，很快地被司馬懿擊潰。如此一來，諸葛亮的北伐大業澈底瓦解，要不要繼續進攻已經是不用討論了，該討論的是如何以最小的損失來撤退。所以關興、張苞、馬岱、姜維又被派去執行疑兵及斷後的任務，以至於司馬懿兵臨城下時，落到「時孔明身邊並無大將」的窘境，不得已富貴險中求。

　　話又說回來，「子午道奇謀」到底是不是好的策略呢？至少我們可以從司馬懿的意見中得到參考，他的看法是：「諸葛亮生平謹慎，

未敢造次行事。若是吾用兵，先從子午谷逕取長安，早得多時矣。他非無謀，但怕有失，不肯弄險。」（第95回）司馬懿雖然給足了諸葛亮臺階下，但顯然他與魏延英雄所見略同。更重要的是，諸葛亮「空城計」之所以成功，最關鍵的因素在於司馬懿認同其人是「平生謹慎，不曾弄險」，而又是什麼加深了此一印象呢？那就是諸葛亮一開始的戰略失誤。總結來說，諸葛亮如果最初願意從子午道出發，戰局不會發展到必須分兵改路的地步；如果選對了守街亭的人，也不用慌忙撤退。最後落到要用「空城計」的下場，是前面的種種因素所堆疊而成的，其成功亦由於其失敗所帶給敵人的印象。我們真好奇諸葛亮為什麼還有心情調侃司馬懿，拍手大笑曰：「吾若為司馬懿，必不便退也」？

　　將目光轉移到上方谷，我們會發現，諸葛亮被一場大雨澆熄火攻大計，身陷熾燄的司馬懿父子因之死裡逃生，令北伐最接近勝利的一次機會溜走，也並不完全是「謀事在人，成事在天」的無奈結果。首先，諸葛亮曾承認火攻是自己的看家本領：「吾平生專用火攻」（第98回），毛宗崗也曾細數其一生五次使用火攻：火燒博望、火燒新野、火燒赤壁、火燒盤蛇谷、火燒上方谷。除了「新官上任三把火」外，上一次以火取勝同樣是在一谷口地形：盤蛇谷火燒藤甲軍，讓頑皮的孟獲也不得不伏首稱臣。既有四次成功的經驗在前，最關鍵的上方谷的失誤，就像日本俚語所稱的「猴子也會從樹上掉下來」（猿も木から落ちる），乃是智者千慮之失。

　　此外，即便要為武侯辯解，說天氣並不是一個凡人所能預測跟控制的，我們還是可以用諸葛亮自己說過的話作為檢視這件事的標準。同樣是讀者熟悉的場景，第46回「用奇謀孔明借箭」，諸葛亮三日期限內便用草船賺得了曹軍十萬枝箭，輕鬆躲過周瑜的陷阱，關鍵正在於預知了三日之中必有大霧。諸葛亮顯然「贏筊閣欲贏話」，還趁勢挖苦了周瑜一番：「為將而不通天文，不識地利，不知奇門，不曉陰

陽，不看陣圖，不明兵勢，是庸才也。」意指周瑜就是連天象都不會看的庸才，還夠資格稱作大都督嗎？最初我們在看時，會覺得這段話彷彿諸葛亮所設計的連弩，箭箭命中周瑜的心臟。可是，等到上方谷諸葛亮自己也犯下「爲將而不通天文」的失誤時，才驚覺原來這段話是澳洲原住民擅長使用的迴力鏢（Boomerang），我們完全可以把這段話原封不動地送回給臥龍先生。

如此，諸葛亮「謀事在人，成事在天」的歎息確實是可以打上一個問號的——綜觀全局，包括了曹操「非惟天時，抑亦人謀也」的霸業、龐統「雖曰天也，豈非人也」的死期，以及諸葛亮從機失子午道到火熄上方谷的挫敗，並不完全是「天」占據了最終的裁決性地位，而是「人」的作爲的不斷積累，才導致了歷史的「必然性」發展，這樣的「必然性」，又是建立於「後見之明」的前提之上。

（三）秋風五丈原

在前面的篇幅中，我們檢視諸葛亮「謀事在人，成事在天」的聲明，並與儒家「君子之仕也，行其義也。道之不行，已知之矣」的精神進行對照，並不是要嘲諷諸葛亮的思慮不周，以致鑄下大錯，而是要論成一件事：儘管諸葛亮被視爲《三國演義》中「智絕」的高手，但其智略在蜀漢的人才凋零之後，也出現了難以爲繼的窘態。

事實上，毛評早已指出，諸葛亮執意北伐是「愚不可及」（第97回），贊評也語帶譏刺的說：「未出茅廬時，與先主說定三分天下，鼎足而定；今日忽然北伐中原，欲平魏國，此何意耶？豈是閒不過乎？抑技癢也？」（第91回）儘管如此，諸葛亮的身影仍然渺小而又高大。第91回諸葛亮首次發動北伐的時候，太史譙周曾出奏曰：「臣夜觀天象，北方旺氣正盛，星曜倍明，未可圖也。」又問諸葛亮說：「丞相深明天文，何故強爲？」誠然，以諸葛亮對夜觀天象的熟稔，

不可能沒預測到北伐之役的艱困，成功的機會微乎其微，但為什麼他仍堅持把蜀漢帶往窮兵黷武的死胡同？（譙周所謂的「強為」）

這個問題的答案，可以從第37回「劉玄德三顧草廬」中毛宗崗的意見中略窺一二：「順天者逸，逆天者勞。……即如孔明盡瘁至死，畢竟魏未滅，吳未吞，濟得甚事！然使春秋賢士盡學長沮、桀溺、接輿、丈人，而無知其不可而為之仲尼，則誰著尊周之義於萬年？使三國名流盡學水鏡、州平、廣元、公威，而無志決身殲，不計利鈍之孔明，則誰傳扶漢之心於千古？玄德之言曰：『何敢委之數與命！』孔明其同此心歟？」順應著歷史發展的趨勢（天命）是一件容易的事，但是本乎道義而去做應該做的事則相對困難，但如果沒有孔子「知其不可而為」的選擇，又怎會有感動人心的事蹟千古流傳？這種以「人」為本的精神正如一盞燭光，照亮了人類文明在「天命」旗幟下努力摸索出來的道路。孔子篳路藍縷，《三國演義》中的諸葛亮則承先啟後。

我們在前文所指出的是諸葛亮從「七擒七縱」到「六出祁山」過程中的躊躇與失誤，其用意是要揭示此時的大漢丞相，其超人的本領正不斷地破功。換句話說，他從巍峨的神壇跌落，但也正是這樣的跌落，使他更貼近芸芸眾生的讀者──這樣的諸葛亮看起來更像一個有血有肉的凡人，而不是仰之彌高的天神。如此一來，感動我們的品德，不再是諸葛亮的「智」，而是他的「忠」。

在說到《三國演義》中的「忠義」之士時，也許我們第一時間會想到關羽、張飛、趙雲等浴血奮戰的武將，但其實諸葛亮的「忠義」並不會遜於上述的戰士們。青年時代的諸葛亮，只是躬耕南陽的一介儒生，閒散於烽煙四起的塵囂之外，但卻有感於劉備三顧茅廬之誠意，毅然縱身那爾虞我詐、刀光劍影的濁世：「只因先主丁寧後，星落秋風五丈原」（第38回）。儘管在最關鍵的上方谷之役中，諸葛亮發出那「謀事在人，成事在天」的嗟歎，聽起來有幾分消極，但是

我們可以理解，諸葛亮確曾努力地去回應劉備對他的託付，所以這同時也是心力交瘁的一聲歎息。職是，我們雖然檢討北伐過程中，諸葛亮屢屢錯失的機會，卻應該去肯定其入世的擔當。「知其不可而強爲之，亦欲自盡其人事耳。若竟諉之天，而不爲之謀，豈昭烈託孤之意哉？」（第103回）毛評的這段註解，應該足以回應譙周的疑問了。

　　本回故事提到諸葛亮在上方谷失利後，嘗試用巾幗之衣物激怒魏軍出戰，卻無法誘出老謀深算的司馬懿，事必躬親的諸葛亮也察覺到生命力的不斷流逝了。小說家描寫諸葛亮用祈禳之法欲延長壽命，並點出時值中秋佳節，是夜銀河耿耿，玉露零零，旌旗不動，刁斗無聲，但是月圓之夜也暗示了月盈則虧的自然法則，這是中國古典章回小說慣用的意象──秋天是奇書敘事轉折的重要時間點，包括《水滸傳》的魯智深、《金瓶梅》的官哥兒，也都是在中秋節或秋天下旬走完人生的歷程。[11]諸葛亮的祈禳並未成功，因爲魏軍來犯而慌忙闖入軍帳的魏延，踏熄了續命所用的七星燈。

　　第104回的諸葛亮撐著病體，繼續巡視軍營的工作，突然自覺秋風吹面，徹骨生寒，長歎曰：「再不能臨陣討賊矣！悠悠蒼天，曷此其極！」我們可以理解，那種徹骨生寒的冷，並不只是生理上的刺骨，而更是心理上的孤寂：再不能討伐漢賊，上蒼啊，爲什麼讓我過不了這個關卡呢？當年劉、關、張桃園三結義，立下「上報國家，下安黎庶」的壯語時，諸葛亮並不在場；但等到劉、關、張相繼殞命，諸葛亮卻必須一肩扛下本不屬於他的責任。從春花飄落的桃園到秋風拂面的五丈原，蜀漢也訣別了春秋鼎盛的國祚。《三國演義》是由春天的生機爲始，到秋天迎來了諸葛亮的死亡，構成了四季更迭的移轉與變化。

---

[11] 參見浦安迪著，沈亨壽譯：《明代小說四大奇書》，頁293、464。

（四）魏延的悲劇

　　《三國演義》第103回情節中，魏延的身影是值得留意的。故事之初，他便因為軍功被廖化所奪而鬱憤，但是「孔明只做不知」。故事的結束，又是魏延飛步撲滅了七星燈（這是我們上文提過的），也就是說，魏延貫串了本回的頭與尾。但還有更重要的是，魏延也被諸葛亮指派引誘司馬懿入上方谷的任務。這乍看沒有什麼出奇之處，但仔細推敲諸葛亮對魏延的交代：「只要引得司馬懿入葫蘆谷內，吾自有擒之之計。」會發現諸葛亮只說「吾自有擒之之計」，沒有明白告訴魏延要用什麼計謀，而一向習慣於諸葛亮神祕兮兮的魏延，也並沒有追問計將安出？結果諸葛亮是要在上方谷燒殺司馬懿。問題來了，如果司馬懿因上方谷是一條死路而插翅難飛，負責誘敵的魏延又要怎麼撤出上方谷？諸葛亮難道殫智竭慮到沒想到這一點嗎？

　　諸葛亮當然沒蠢到這種地步，恰好相反，魏延的犧牲在其算計之內。但是，如此殘忍地把同僚的生命當作棄棋，這似乎不太符合我們認識的武鄉侯，這是怎麼回事？把時間倒退到第53回，當時魏延在長沙太守韓玄麾下，他殺死韓玄並開城投降，讓劉備得以拿下城池。不過這樣的輸誠，諸葛亮並未領情，下令將之斬首，劉備很驚訝，而諸葛亮的理由是魏延除了叛主獻地是不忠不義外，且「腦後有反骨，久後必反」。儘管在劉備的說情下，諸葛亮留下了魏延的性命，但是這個讖語卻像緊箍咒一樣，永遠束縛了魏延不祥的命運，也在他與諸葛亮之間留下一道難以橫渡的鴻溝。

　　魏延是一位頗為剛強自傲的武士，從他「面如重棗」（見第41、53回）的外型描述來看，便知道他與「剛而自矜」的關羽擁有重疊的臉譜。若說關羽與張遼是「忠義」的排比人物，關羽與魏延就是「驕傲」的排比人物，而就像諸葛亮試圖給關羽套上轡繩一樣，魏延也與諸葛亮存在著緊張的關係。理解這一點，當我們看到諸葛亮駁斥魏延

「子午道奇謀」的情節時，就不會覺得太意外。魏延非常關心「戰功」的積累，而且不是一個懂得收斂情緒的人，所以他很常表現出不為諸葛亮重用的不滿。第99回諸葛亮徵求「智勇之將」迎戰魏軍時，魏延低頭不語，毛評點出這是對諸葛亮不用「子午道奇謀」的抗議。第100回魏延還與陳式一起嘲笑諸葛亮的「無謀」。在課程所選的回目中，這匹難以馴服的悍馬依舊埋怨著諸葛亮。

這樣屢屢頂撞又背負著「久後必反」預言的魏延，之所以還被留用，純粹是因為五虎大將凋零，諸葛亮「憐其勇」（見第100回），所以才沒人頭落地。可是，對諸葛亮來說，北伐大業最大的阻礙是司馬懿，一旦剷除之，別說長安，洛陽都是囊中之物。那麼，魏延的存在與否也不再這麼重要，上方谷的火舌如能同時吞噬這兩個讓他頭痛的人物，堪稱一箭雙鵰。然而，天降甘霖，司馬懿就像煮熟的鴨子又飛上了天，而這場大雨當然也救了魏延。回過頭來看，魏延踏熄七星燈的情節，到底是無意抑或故意，就添了幾分耐人尋味的成分。或許，諸葛亮祈禳之法的失敗，也早已種因於魏延拖著淋雨的身軀，步出上方谷的那一刻。

上述的解讀看起來可能有幾分荒謬，甚至背離了諸葛亮嚴正的形象，但其實這個詭計確實存在於不同版本之中，如「李卓吾本」：「魏延望後谷中而走，只見谷口壘斷，仰天歎曰：『吾今休矣！』」又「李漁本」：「（孔明）即收兵回到渭南大寨，安營已畢。魏延告曰：『馬岱將葫蘆谷口壘斷，若非天降大雨，延同五百軍皆燒死谷中矣。』」察覺到諸葛亮陰謀的魏延，到底應該如何自處？即使為蜀漢建立再多汗馬功勞，仍然無法獲得丞相的認同，最後無可挽回地走上了「反叛」的道路，坐實了諸葛亮的預測，永遠留下反骨之污名。這樣來說，魏延就像一個生來就不得父母寵愛的孩子，即使大哭大鬧，或努力表現，想要獲得父母關注的眼光，但一切都是徒勞無益的。

◎閱讀與思考：諸葛亮因火攻而聞名天下，也因火攻而功敗垂
　成，你怎麼看待作者這樣的敘事安排？

褒貶筆法

（課前閱讀：第61回〈趙雲截江奪阿斗，孫權遺書退老瞞〉）[12]

（一）劉備：從皇叔到皇帝

中國史書常有所謂「春秋筆法」之褒貶，是以史官的道德意識判斷歷史人物的舉止是否失當。《三國演義》雖是一本講史小說，但並未完全依循「帝魏寇蜀」的傳統史官思維，而是呼應民間情感，往「擁劉反曹」的好惡傾向靠攏。

不過可以留意的是，這種標準在早期的版本中並不這麼明顯。舉例來說，第24回因獻帝密謀董承行刺曹操的「衣帶詔」事發，曹操遷怒並殺死董貴妃，其中關於君臣齟齬的對錯尚可討論，但董貴妃確實命喪曹操之手，所以嘉靖本作者是以「曹操勒死董貴妃」的客觀事實下標，可是到了毛評本卻改成「國賊行兇殺貴妃」，明確指責曹操是「國賊」（雖說他暴露於被暗殺的風險中）。

無獨有偶，第79回劉備因痛恨義子劉封沒有及時對兵敗麥城的關羽伸出援手，在此回處死了他。同樣地，劉封未出兵的理由之一是上庸城兵力單薄，因此關於這件事的對錯還有討論的空間，而劉備因憤恨而殺死劉封則是事實，所以嘉靖本回目是「漢中王怒殺劉封」，到了毛評本則為了彰顯咎由劉封的成分，將標題改成「侄陷叔劉封伏法」，弱化了劉備感情用事的因素。

由上述可知，今天我們所熟悉的毛評本，「擁劉反曹」的立場是較為明顯的。不過，儘管有著這樣的前提，書中的曹操也的確帶著

---

[12] 本課程觀點除個人意見外，主要參考自浦安迪著，沈亨壽譯：《明代小說四大奇書》，〈《三國演義》：義士氣概的侷限〉部分，惟內容經筆者內化，無從一一加注，特此說明。

十惡不赦的猙獰面孔，但是站在對立面的劉備，卻沒有因此帶給我們道德無瑕的印象。與之相反，我們常常看到在某些事件的發展，就連毛宗崗也無法為劉備辯護，也因此流露出某種耐人尋味的「反諷」意涵。

首先是在第1回，劉備幼年與小兒嬉戲，曾指著家鄉大桑樹說：「我為天子，當乘此車蓋」，流露出某種不可告人的野心。劉備也是一位常敗者，他屢敗屢戰的姿態雖然可以解釋為一種百折不撓的精神，但劉備卻常因敗陣而轉換陣營，並在不久後與盟友鬧翻。第14回好不容易得到徐州這塊地盤的劉備銜命攻打袁術，後方馬上被屯駐小沛的呂布偷襲，只好接受呂布安排，兩人互換根據地。這種帶著嫌隙的友好很快撕破臉，第19回劉備與曹操聯合消滅呂布。然而，兩大梟雄的攜手也是曇花一現，隨著獻帝認劉備為「皇叔」，意欲掣肘曹操，雙方的衝突勢在必行。第24回劉備終於被曹操擊潰，並奔逃到袁紹的麾下。浦安迪指出這一連串結盟的不恰當：「他被迫到處尋求庇護，甚至向他原來毫無好感和友情的人求救，如第15回裡向呂布乞援，第19回投奔曹操，第20回投靠袁紹（此人不久前剛殺了劉的好友公孫瓚）」。[13]

劉備雖然貴為「皇叔」，但其實自童稚時便家道中落，所以相較於各地諸侯的跋扈，他確實顯得謙遜有禮。不過，所謂「酒後吐真言」，劉備的真心話常常在黃湯下肚後浮現。說到喝酒，我們不會忘記曹操與劉備「煮酒論英雄」的名場景：在那個陰鬱靉靆的午後，兩人細數天下英雄，劉備先後提到袁術、袁紹、劉表、孫策、劉璋、張繡、張魯、韓遂，但曹操都搖手否定，最後說出「今天下英雄，惟使君與操耳」（第21回）的名言。

---

[13] 浦安迪著，沈亨壽譯：《明代小說四大奇書》，頁409。筆者按：劉備投靠袁紹應是第24回。

可惜的是，劉備這位英雄的戎馬生涯並不順遂，在河北待了一陣子後又南遷到了荊州，受到族兄劉表的款待。此時中國北方大致上已經是曹操的囊中物，劉備則是沉溺於安逸的生活，興起髀肉之歎，劉表以「煮酒論英雄」中曹操的話語安慰劉備，誰知劉備竟趁著酒興脫口說出：「備若有基本，天下碌碌之輩，誠不足慮也」（第34回）的話頭，言下之意是包括劉表在內，都不過是他眼中的「碌碌之輩」。

這種令人不安的言論，還發生在第62回。在我們選讀的第61回中，可以看到劉備反對「鳳雛」龐統擺下鴻門宴刺殺劉璋的計策，原因是「吾初入蜀中，恩信未立」，且責備龐統等人的做法「公等奈何欲陷備於不義耶」，但旋即在次回與劉璋決裂，連龐統都語帶譏刺的說：「主公只以仁義為重，今日毀書發怒，前情盡棄矣。」然而戰爭已是箭在弦上，劉備取得勝利，開心地擺下宴會，酒酣耳熱之際，開口問龐統：「今日之會，可為樂乎？」龐統非常嚴肅地回答：「伐人之國而以為樂，非仁者之兵也」，劉備不悅地說道：「吾聞昔日武王伐紂，作樂象功，此亦非仁者之兵歟？汝言何不合道理？可速退！」

我們知道，劉璋固然軟弱，卻不是一位暴虐的君主；而龐統刺殺劉璋的策略雖然無義，但其著眼點在於戰爭將會波及無辜軍民的池魚之殃，不如用最小的犧牲換取最大的利益。反觀劉備想要奪取西川已是既定的陰謀，卻還希望保持「仁義」的美名，難免進退失序，現在竟然還以「武王伐紂」比擬。就算劉備是賢明的周武王好了，可是「匹夫無罪，懷璧其罪」的劉璋真有壞到像紂王一樣嗎？因此就連毛宗崗也不免大歎：「未免露出真情。○玄德在劉表席間醉後失言，於此復見」、「以紂比劉璋，亦擬之非其倫，確是醉話」。

劉備還有貪戀溫柔鄉的毛病。根據浦安迪的看法，第54回劉備「卻說玄德自沒了甘夫人，晝夜煩惱」的惝惘不安，《水滸傳》中宋江對於扈三娘美色魂牽夢縈的姿態有雷同之處，都表現出英雄難過美

人關的脆弱。[14]具體的事蹟表現在同回劉備入贅東吳的故事，孫權用聲色麻痺自幼顛沛流離的劉皇叔，這招果然奏效，讓他一度「全不想回荊州」。過去我們常常批評阿斗「樂不思蜀」，但現在看來真是有其父必有其子，老鼠生的兒子會打洞。

說起來，劉備最為人詬病的問題就在於從「皇叔」到「皇帝」的地位晉陞。劉備口中向來以「匡復漢室」為己任，但最後卻自己坐上了龍椅，展現出「口與心」、「意與事」的巨大分歧，也被魯迅稱為「以致欲顯劉備之長厚而似偽」。[15]劉備的「仁厚」確是事實，他表現出對於諸侯的謙恭、對於百姓的愛戴，曾贏得徐州牧陶謙及荊州牧劉表的好感，三番兩次想要將州郡相讓。對於這樣的天上掉下來的禮物，劉備展現出一貫的模式：「辭、權、讓、借」。[16]先是推辭，然後權且領取，待其他諸侯來時又刻意謙讓，不然就是宣稱自己只是暫借，一切都是「勢不得已」（如第65回對開城投降的劉璋所言的）。就這樣以退為進，慢慢擁有了水陸通衢、沃野千里的荊、益二州，並在獻帝被曹操挾持的情況下往許昌送了一份奏表，宣稱自己被擁為漢中王，請天子恩允──當然我們不知道劉備怎會認為奏表真能上達天聽，而不是中途被逆賊攔截，並保證逆賊不會遷怒天子，而天子也會在逆賊的指縫下同意劉備的稱王？這到底是一種單純還是一種狡點？

漢中王劉備已是一位王者了，只剩下最後一哩路程就能攫取天下至高無上的權力，不管他心中有沒有更上一層樓的想法，時機已經悄然降臨了。第80回曹丕經過一讓、再讓、三讓的可笑戲碼後，正式篡位為帝，漢朝江山賡續的希望只剩下劉備，其餘如劉表、劉璋的版圖

---

[14] 浦安迪著，沈亨壽譯：《明代小說四大奇書》，頁312、411。

[15] 魯迅：《中國小說史略》（臺北：風雲時代出版股份有限公司，2018年），頁153。

[16] 可參見浦安迪著，沈亨壽譯：《明代小說四大奇書》，頁412-415。

都被他接收了，這真是捨我其誰的時刻。可是，都到這個節骨眼了，劉備都還在謙讓，這下可急壞了百官，就連軍師諸葛亮也病倒了。劉備去探望諸葛亮，知道他內心最大的焦慮就是自己不願登基踐位，為了安撫諸葛亮，只好說道：「待軍師病可，行之未遲。」話剛說完，喜劇式的場景出現了！諸葛亮躍然而起，外面躲藏的百官一擁而入，表現愛戴之心。

儘管劉備驚慌地說道：「陷孤於不義，皆卿等也」，但也並未收回成命。一切水到渠成，連舞臺也架好了，捧著玉璽的劉備還要多講一句：「備無才德，請擇有才德者受之。」問題是方圓百里還有誰比你劉備更適合呢？如果真的有「有才德者」跳出來，劉備難道會乖乖地脫下龍袍嗎？莫怪乎贊評會說：「曹家戲文方完，劉家戲子又上場矣，真可發一大笑也。」曹操、劉備，或甚至孫權，每個都說自己是忠於漢室，但說到底每個人做的事情都一樣──從「皇叔」到「皇帝」，這確實是十分曲折離奇的發展。

（二）倫理的位置：假兄弟、真夫妻、螟蛉子

在第61回，我們除了看到劉備入川與劉璋交好的表面下暗潮洶湧，還看到孫夫人與趙雲、張飛的緊張對峙，最後孫夫人回到東吳，與劉備夫妻永別。這讓我們好奇，劉備是以重視義氣聞名的，這也是《三國演義》這本書的主要基調；不過，在蕩氣迴腸的兄弟情誼背後，關於倫理順序的選擇是否過於厚此薄彼，以致失去了人性？

第14回發生我們前面提到的「呂奉先乘夜襲徐郡」之事件，當時劉備同關羽正在前線與袁術作戰，留下信誓旦旦不會喝酒誤事的張飛把守徐州，但很快地這項承諾就破產了。次回帶著羞報來報信的張飛欲拔劍自刎，被劉備一把抱住，並說道：「兄弟如手足，妻子如衣服。衣服破，尚可縫；手足斷，安可續？」意思是結義兄弟的生死比

結髮夫妻的存亡重要多了。我們可以理解爲天下者不顧家的道理，但一如浦安迪所言：「可以想見，一位英雄人物的家眷必須隨時有陷入絕境的思想準備。儘管如此，劉備與家眷隔絕或他爲事業而置妻子於不顧的次數多得出奇。」⑰

劉備多次讓自己的妻子陷入危境，或者在愛將與妻兒之間毫不猶豫地選擇前者，包括第19回再次因呂布襲擊而與妻子失散；第24回因曹軍壓境而倉皇投奔袁紹，把保護二位嫂嫂的責任丟給關羽，讓關羽不得不向曹操低頭；第41回則是同樣被曹操攻打，趙雲分身乏術，糜夫人爲救阿斗而投井自殺（後來劉備冷酷地將幼子擲於地上，且完全沒對妻子之死表示哀傷）。最後是第61回，也就是我們課程選讀的這回，劉備帶兵前往西川，後方旋即發生了孫夫人與趙雲、張飛搶奪阿斗的驚險場景。事後劉備也好像絲毫不在意孫夫人的離去，與當初新婚燕爾的親暱眞有天壤之別——更何況當初還是孫夫人的無私鼎助，劉備才能全身而退地逃回荊州。

劉備與孫夫人間不對等的感情關係還未結束，第82回已位登九五的劉備率軍進發東吳，要爲關羽、張飛之死討個公道，聲勢相當浩大，孫權只好以歸還孫夫人在內的條件遣使謝罪，希望兩家能重修舊好。可是劉備卻悍然拒絕，堅持爲兩位異姓骨肉報仇，贊評提出一個非常耐人尋味的意見，他說此舉是「玄德爲關張而不念孫夫人情義，是爲假兄弟而失眞夫妻也。」

在《三國演義》這樣強調肝膽相照的男性世界文本中，女人的身影相較式微，可是李卓吾的評點卻提醒了我們，所謂劉、關、張「不求同生，但求同死」的義氣，追根究底是毫無血緣關係的「假兄弟」，他們的地位是否高到讓人心無罣礙地拋棄「眞夫妻」？諷刺的事情持續發展下去，第84回孫夫人聞知蜀軍兵敗猇亭的消息，誤以爲

---

⑰ 浦安迪著，沈亨壽譯：《明代小說四大奇書》，頁422。

先主戰死便投江殉情／國，但在次回劉禪繼位追諡甘夫人、糜夫人爲皇后時，孫夫人卻連一點點名分都沒有，彷彿從未嫁給劉備，也未照顧過阿斗一樣。同床共枕的女人，在這對父子心目中到底是什麼樣的存在？

另一方面，若說「假兄弟」與「眞夫妻」的順位選擇令人難堪，同樣沒有血緣關係的「螟蛉子」，也沒有獲得劉備較多的關愛眼神。第36回劉備結識原名寇封的少年，因愛其器宇軒昂而認爲義子，並改名劉封。劉封與劉禪成爲兄弟，兩人名字合起來就是「封禪」，這是只有海內一統的帝王才能舉行的祭祀儀式，我們側面可以知道劉備的雄圖遠志。關羽對於這件事感到不悅，他認爲劉備已經有子阿斗，沒有必要再認螟蛉。這僅僅是故事前半段的小插曲，但最終種下了日後嚴重惡果的種子。

時間快轉到第76回，關羽敗走麥城，派廖化突圍，向駐守上庸的劉封、孟達求援。上庸兵力不足，又有魏、吳兩軍虎視眈眈，要出兵相救有客觀上的困難。「奈關公是吾叔父，安忍坐視而不救乎？」劉封考慮到親情的因素，不救說不過去。但孟達卻忍不住莞爾：「將軍以關公爲叔，恐關公未必以將軍爲姪也。」孟達把當初關羽不贊成劉備收劉封的舊事重提，又補充一點，劉備稱王後欲立世子，本來在劉封與劉禪兩個人選中舉棋不定，但關羽一下子就以劉封是養子爲由，勸漢中王立阿斗爲後嗣。講話極有分量的關羽這樣一說，無情地阻斷了劉封繼位爲王甚至君臨天下的可能。

於是劉封牙一咬，決定放任關羽兵敗被俘，最後被孫權斬首的下場。劉封眞是不祥的螟蛉子，關羽早就知道這一點了，但沒想到的是噩運竟會降臨到自己頭上。關羽之死到底是不是劉封的錯？這件事有客觀的成分，也有主觀的因素，但是劉備顯然沒有給予自己的義子任何辯解的機會。第79回挑唆劉封對關羽見死不救的孟達，兩袖清風地投奔曹魏而去，留下劉封怒不可遏又孤立無援，只好回到成都面見義

父，可是盛怒之下的劉備並不領情，很快地就下令將之斬首。等到知道劉封撕毀孟達招降書信的事情時，劉備後悔也來不及了，他同時失去了義弟與義子，悲痛難當。

　　為什麼劉備對剛愎的關羽、魯莽的張飛百般容忍，卻不能分一點寬恕給自己的義子？「假兄弟」與「螟蛉子」的順位，又是異姓骨肉占了上風了。但除了劉備的這一份偏心作祟外，背後還隱藏著另一層焦慮：劉備不能不考慮到接班問題。他看過袁紹、劉表的兒子失和導致江山痛失，甚至在處死劉封的這一回中，還發生「七步成詩」的鬩牆事件，殷鑑不遠。劉封兄長的身分、豐富的作戰經驗，要這樣的人甘心蟄伏於庸弱的阿斗之下，似乎有點天方夜譚，於是這也是翦除劉封的最好時機。在贅本及漁本中的這段原文就是證明：「孔明曰：『若欲嗣主久遠之計，殺之何足惜也。作事業者，豈可生兒女之情耶！』」——在「假兄弟」與「假兒子」的倫理位置中，劉封確實是一個不幸的存在。

（三）生子當如孫仲謀

　　《三國演義》一共有120回，第61回剛好是小說的一半。在古代章回小說中，講究的是首尾呼應，以及在全書中間安插線索來彰顯意旨或者伏筆的美學特徵。以《三國演義》來說，在此回中出現了三件事情，分別是受九錫、遷秣陵、奪阿斗，象徵的是魏、吳、蜀「天時、地利、人和」的三個立國條件：曹操「挾天子以令諸侯」，掌握了最好的時機，先是晉位魏公，再來成為魏王，最後其子簒漢稱帝，總是領先群雄一步。東吳歷經三代經營，又劃江與北方對峙，是三國中最晚滅亡的陣營，可謂根深蒂固。蜀漢土地最小，但是劉備卻有傲視天下的五虎大將、臥龍鳳雛，是人才最突出的一方。

　　小說的開頭，之所以由黃巾之亂（以天公將軍張角、地公將軍張

寶、人公將軍張梁爲領袖）開始寫起，毛宗崗說得很清楚：「人謂魏得天時，吳得地利，蜀得人和，乃三大國將興，先有天公、地公、人公三小寇以引之。」第61回又言：「蓋阿斗爲西川四十餘年之帝，則取西川爲劉氏大關目，奪阿斗亦劉氏大關目也。至於遷秣陵應王氣，爲孫氏僭號之由；稱魏公加九錫，爲曹氏僭號之本。而曹操夢日，孫權致書，互相畏忌，又鼎足三分一大關目也。以此三大關目，爲此書半部中之眼。」

本回故事當中，孫權與曹操的交手十分精彩。孫權無懼曹操領四十萬大軍來犯，也親率部隊駐紮於濡須口，其部隊「旗分五色，兵器鮮明」，讓曹操亦大爲讚歎：「生子當如孫仲謀！」曹操確實是以長輩的身分挬髯俯視這位傑出的晚輩，因爲我們不會忘記孫權正是曹操當年共討董卓的老戰友：孫堅的兒子。而這也不是曹操第一次爲孫堅的兒子喝采。雖然「煮酒論英雄」時，曹操對於劉備稱孫策爲英雄感到不以爲然：「孫策藉父之名，非英雄也」（用現代的話說，就是孫策不過是個「靠爸族」），但是到了第29回孫策稱霸江東，曹操又不禁感歎：「獅兒難與爭鋒也！」孫堅被譽爲「江東猛虎」，老虎生的兒子果然也是頭小獅王。

孫策豈只是頭小獅王，其驍勇的姿態也讓人聯想到西楚霸王項羽，曾在一霎時挾死一將，喝死一將，從此人稱之「小霸王」。可是小霸王的個性過於剛烈，一時不察中了刺客埋伏，又無法控制對仙人于吉的怒氣，金瘡迸裂，才廿六歲就英年早逝。然而東吳並未因領袖驟逝而分崩離析，因爲孫策無私地將洪業交棒給自己的弟弟孫權，從這點來說，曹丕／曹植、劉封／劉禪昆仲可說是差之千里。孫權繼位時不過是個廿歲左右的青年，卻要扛下整個國郡的命運，壓力之大可以想見，但是孫策對弟弟非常有信心，他說：「若舉江東之眾，決機於兩陣之間，與天下爭衡，卿不如我；舉賢任能，使各盡力以保江東，我不如卿。」（第29回）若要帶兵打仗，弟弟你輸我一大截；但

若是要任用賢明的人才，把他們放在適當的位置，而且同心同德，為國效力，我遠遠比不上弟弟你。

孫策的眼光沒有錯，孫權確實有這樣調和鼎鼐的才幹，而且擅於「保江東」。儘管孫權征戰沙場的經驗遠遜於曹操、劉備，曾兩次帶兵親征，都被張遼打得落花流水，但是在赤壁、彝陵兩大關鍵戰役中卻能連挫父親的老戰友。更重要的是，孫權在面對文武之間的矛盾時，可以讓雙方各抒胸臆，而一旦決定國事之方針，也能讓持反對意見者放棄成見，沒有芥蒂地貢獻所長──孫權的確擁有無出其右的繼承人資格，遠比曹丕、劉禪都要出色許多。

孫權身為二代英雄的表現，正象徵了東吳人才的優勢。我們在之前課程提到，蜀漢擁有最好的人才（五虎大將、臥龍鳳雛），而曹魏則擁有最多的人才，文有郭嘉、荀彧、荀攸、程昱、賈詡、司馬懿等；武有曹仁、曹洪、夏侯惇、夏侯淵、典章、許褚、徐晃、張遼、張郃、龐德等。是以諸葛亮說曹操之雄踞北方：「非惟天時，抑亦人謀也」。那麼東吳拿什麼跟其他陣營競爭呢？答案是東吳擁有人才銜接不斷的特質，這從歷代都督可以看得出來。最開始引領風騷的是「談笑間，檣櫓灰飛煙滅」的周瑜，最大功績是赤壁之戰；爾後有行事穩健的魯肅，他避免了孫劉之間的齟齬；再來是「士別三日，刮目相看」的呂蒙，從關羽手中奪得孫權垂涎已久的荊州；最後是睿智的陸遜，這位「書生大將」步步為營，擊潰傾全國兵力來犯的蜀軍。

綜合來說，東吳對外的和戰戰略隨時在調整，但從未因為主戰或主和的意見分歧，落入喋喋不休的黨爭之中。這就像孫策與孫權雖是迥異風格的領導者，但孫策知道國家發展到守成比開闢更重要的階段，所以選擇讓適於政事的孫權承續父兄的基業。毋庸置疑，「團結」是一個組織最重要的資本，東吳能夠屹立於三國時代，除了倚長江天險外，還擁有比曹魏、蜀漢更難能可貴的條件：那就是互相扶持的兄弟／同僚情誼。

（四）《三國演義》的顛末

第61回孫權與曹操隔江相對，雙方你來我往，互不相讓，曹操沒有辦法越雷池一步，心中很是沉悶。這時程昱提醒曹操，兵貴神速，遷延日久，不如退兵，曹操不答。等到程昱離開後，曹操入於夢寐，迷迷濛濛之中見三個太陽相互輝映，其中一輪紅日墜於山中，醒來見夢中落日山邊有一人金盔金甲，威風凜凜，正是少壯英雄孫仲謀。曹操尋思這個預兆是孫權日後地位不凡，而後又收到孫權的書信，大意是孤與丞相都是漢朝臣宰，您妄動干戈，導致生靈塗炭，非仁者所當為，若再不退兵的話，恐怕將再重演赤壁之禍。信背後又寫了兩行字：「足下不死，孤不得安」。

曹操是一個有幽默感的人，看到信後哈哈大笑，說道：「孫仲謀不欺我也」，於是下令班師回朝。孫權用了不卑不亢的語言，既表示出吳軍的敢戰，又給了曹操臺階下，說明自己對他也是敬畏三分，希望雙方以和為貴，這樣充滿智慧的外交辭令奏效了。

這段情節除了孫權禦敵的手腕值得欣賞之外，還可以注意到三日之夢的意義。很容易可以理解三個太陽代表的是三國鼎立的客觀局勢，不過毛宗崗〈讀三國志法〉提醒我們，其中仍有正統、僭國、閏運的差別，尤其本次課程開宗明義提到，史乘有所謂「春秋筆法」，小說也有「紫陽綱目」。在《三國志》中，關於程昱的名字曾有一個有趣的小故事，這位曹操的謀臣本名程立，因夢捧日上泰山而被曹操改名為程昱（「立」加上一個「日」字），而泰山、太陽都是帝王的象徵，符合《三國志》「帝魏寇蜀」的基本立場。然而，這個小故事並沒有被寫入《三國演義》當中。與之相反，在第61回程昱離開之後，曹操做了三日之夢。箇中意涵很清楚，是把曹魏獨尊的局面打破，取而代之的是三分天下，尚不知鹿死誰手的混戰。

小說不只展示出與歷史迥異的意識型態，也與前文本《三國志平話》有所出入。《三國志平話》用了一個因果報應的開場解釋何以三國鼎立，原來漢高祖大殺功臣，有三個人最爲冤枉，分別是被賺於未央宮的韓信、醢爲肉醬的彭越和兵敗被戮的英布。閻羅王請了書生司馬仲相斷案，因韓信功勞最大、彭越曾被流放四川、英布本爲九江王，依據他們的冤仇與地理因緣，判三人投胎轉世爲曹操、劉備和孫權，漢高祖則爲漢獻帝、呂后爲伏皇后，以此了結漢朝興亡之夙怨，並交司馬仲相化身司馬懿，一統天下。於是有詩曰：「江東吳土蜀地川，曹操英勇占中原。不是三人分天下，來報高祖斬首冤。」如此一來，弱化了「擁劉反曹」的合理性（因爲在此邏輯下，曹操不過是來報仇罷了，是漢帝辜負他在先），於是《三國演義》汰棄了這個開頭，改成「話說天下大勢，分久必合，合久必分」的史觀。

　　小說並沒有蠲除善惡有報的道德評價，而是將之放在故事的最末幾回，且把重點放在展示曹魏如何走向衰亡。這解釋了爲什麼《三國演義》寫到第104回諸葛亮之死後，還要花費15回左右的篇幅來收尾：我們從回目如「廢曹芳魏家果報」、「再受禪依樣畫葫蘆」等可以看得出來作者的針砭褒貶。第119回的詩句引人省思：「晉國規模如魏王，陳留蹤跡似山陽。重行受禪臺前事，回首當年止自傷。」魏朝的末代皇帝曹奐被封爲陳留王，與第80回漢獻帝被貶爲山陽公如出一轍，但更巧合的是，當初漢獻帝被董卓扶上龍椅之前的身分正是陳留王——兩位身不由己的陳留王，共同見證了漢末魏晉的盛衰榮枯，也看盡了書中一段段從忠臣到國賊，可笑又可悲的腐敗歷史。

◎閱讀與思考：劉備因「假兄弟」而失「真夫妻」與「螟蛉子」，你認為面對類似的親族衝突時，應該以怎麼樣的態度或方式來處理比較妥當？

《水滸傳》

謫降神話

（課前閱讀：第42回〈還道村受三卷天書，宋公明遇九天玄女〉）①

（一）出身與修行

　　《水滸傳》的版本複雜，至少可分爲100回本、120回本和70回本，而清代以來最廣爲流傳的就是由金聖歎評改的70回本，結束於英雄排座次後「玉麒麟」盧俊義的一場惡夢，沒有受招安及征方臘的情節，是一部較爲精鍊的版本。儘管從藝術的角度來說，70回本的文字有其勝處（這歸功於金聖歎優異的文學造詣），不過若要由「宗教」的角度來欣賞《水滸傳》的結構之奇，學術界傾向於閱讀全傳本，因爲這是較爲原始而完整的版本，這也就是本課程所使用的120回本。

　　學者以李豐楙爲代表，用「奇傳體」解釋《水滸傳》的謫凡敘述模式。②之所以稱爲「奇傳」，是因爲在小說的前半部，確實是由若干英雄豪傑的事蹟占據了主導。我們知道梁山好漢共有一百零八人，但人數眾多的好漢中又以卅六天罡爲核心，包括了「及時雨」宋江、「花和尚」魯智深、「豹子頭」林沖、「智多星」吳用、「入雲龍」公孫勝、「行者」武松等聲名最隆。小說的第3回至第12回被稱爲「魯林十回」；而第13回到第22回則是「七星聚義」（也是10回的篇幅）；第23回到第32回是「武十回」；第33回到第42回則是「宋十

---

① 本課程觀點除個人意見外，主要參考自李豐楙：〈出身與修行：明代小說謫凡敘述模式的形成及其宗教意識 —— 以《水滸傳》、《西遊記》爲主 ——〉，《國文學誌》第7期（2003年12月），頁85-113，惟內容經筆者內化，無從一一加注，特此說明。
② 可參李豐楙：〈出身與修行：明代小說謫凡敘述模式的形成及其宗教意識 —— 以《水滸傳》、《西遊記》爲主 ——〉，頁91-98。

回」，就這樣像打撞球一樣，由一個英雄帶出一個英雄，然後在其匯集於梁山泊的過程中，也不斷吸引其餘次要的地煞星人物（如武松遇見孫二娘、張青、施恩等），慢慢構成了「聚義」的收束效果。所以本課程所選第42回算是全書一個指標性的里程碑；在70回本因原來的第1回被改成楔子的關係而變成第41回，恰好是全傳本第82回「全夥受招安」大關目的折半位置。

在上述的過程中，英雄的聚合不是偶然，而是「謫降」的天意所暗中串聯的，是以第13回有詩曰：「天上罡星來聚會，人間地煞得相逢」。所謂「謫降」是道教中的重要觀念，跟「貶謫」有點像，我們常在中學國文課本中讀到文人被「貶謫」，通常是因為京臣犯了過錯，所以由中央被派遣到地方，是一種平行的空間移動。道教模擬人間官僚體系，認為如果天上的神祇犯了「天條」或動了七情六慾，也會被處罰到塵世重新歷練，可說是垂直的地位降格，這就是「謫降」。

「謫降」也是中國古典小說慣用的敘事手法——不管是官員的「貶謫」抑或神仙的「謫降」，他（祂）們的願望都是回到原來的地方，所以謫降模式常常形成一種循環式的結構，最早的章回小說就是以《水滸傳》為代表。儘管我們從中學選文，如「林沖夜奔」、「魯智深大鬧桃花林」的印象中，會覺得《水滸傳》中的梁山好漢跟我們一樣都是有血有肉的「人」，但基本上從作者的預設立場來說，有必要對此印象進行修正。因為這些英雄好漢其實跟凡夫俗子的我們不同，「祂」們是自蒼穹下凡之星君，來此人間歷劫修行，終將重返天庭（還道），所以本回的回首詩才會提到：「路通還道非僥倖」、「宋江元是大羅仙」。

與一般人，或者與先前介紹的《三國演義》中的英雄迥異，梁山好漢具有神性，那麼祂們是怎麼樣的神呢？李豐楙認為，祂們是「神／煞並存」的複合體，既帶有神聖性，同時具殺戮性，而修行

的目標正是「去煞存神」。③本回故事中，宋江因被官府追捕而躲至一間古廟，夢中見九天玄女召見，玄女說得很清楚：「宋星主！傳汝三卷天書，汝可替天行道為主，全忠仗義為臣，輔國安民，去邪歸正。他日功成果滿，作為上卿。」星宿下凡，去邪歸正，這對於我們來說，解決了一種矛盾：何以殺人如麻的賊寇雖然窮凶惡極，卻又被人們稱為「好漢」？另一方面，「去邪歸正」（去煞存神）就是要把破壞性的煞氣滌除。水滸一百單八將因「罪譴」而須以殺戮解除「殺債」，但是殺人並不合於世間的道德規範，所以梁山好漢也不是拍拍屁股就走人的，眾多將士最後在一場大戰（征方臘）中陣亡，由兵器支解其身軀才成仙，是即道教所稱的「兵解」。④

「謫降模式」貫串《水滸傳》全書的「聚散」，儘管我們通常都說梁山「聚義」，但是梁山泊並非書中角色匯聚的起始點，最早在第1回「洪太尉誤走妖魔」時，說到江西龍虎山有一座「伏魔之殿」，門上貼滿了歷代天師所添加的封皮，來自京城的洪太尉看到後，堅持打開它，並且撬開裡面的石碑（上面書寫了四個大字：「遇洪而開」），霎時間一聲巨響：「只見一道黑氣，從穴裡滾將起來，掀塌了半個殿角。那道黑氣直衝到上半天裡，空中散作百十道金光，望四面八方去了。」從中走脫的一百零八個魔君，就是日後的水滸好漢，這是《水滸傳》的第一個「聚散」。

祂們轉世投胎後，因各種因素遭逢，陸續上了梁山「聚義」，朝廷採取懷柔的方式招安，祂們也為大宋立下許多功勞，但是在征討方

---

③ 李豐楙：〈出身與修行：忠義水滸故事的奇傳文體與謫凡敘事──《水滸傳》研究緒論〉，《第四屆通俗文學與雅正文學研討會論文集》（臺中：國立中興大學中國文學系，2003年），頁385-387。

④ 李豐楙：〈出身與修行：忠義水滸故事的奇傳文體與謫凡敘事──《水滸傳》研究緒論〉，頁402-411。

臟的大戰當中，病歿的病歿，戰死的戰死，最後回京面聖的只剩廿七員將佐。無奈朝廷還是怕這些殘存星曜集結成一股力量，所以將之分封在不同的地方（例如宋江到楚州，李逵到潤州）。兄弟們不能共度晚景就已經夠淒涼了，沒想到朝中奸臣還是不願意放過他們，又用計毒殺盧俊義、宋江等人，李逵、吳用、花榮也隨之殉亡。所以真正能善終的好漢並不多，這是《水滸傳》的第二個「聚散」。

這樣看來，《水滸傳》是不折不扣的悲劇，但是我們不要忘記這群英雄豪傑本來就是天上的星宿，在人間歷劫一遭之後，修行完成，終會回到原來屬於祂們的歸宿。小說寫第120回宋徽宗感念梁山好漢為國捐軀，替之建立廟宇，御筆書寫「靖忠之廟」的匾額，正殿塑三十六天罡正將，兩廊列七十二地煞將軍，讓其英靈重新匯於梁山泊，並有詩曰：「天罡盡已歸天界，地煞還應入地中」。這便是《水滸傳》最後的聚會——綜合來說，全書呈現出「聚」（伏魔之殿）→「散」（誤走妖魔）→「聚」（梁山聚義）→「散」（方臘之征）→「聚」（朝封證果）的循環結構。⑤

像《水滸傳》這樣使用謫降模式的小說還很多，如《西遊記》、《紅樓夢》、《鏡花緣》都是我們耳熟能詳的作品。許多解釋歷史興替的小說更是屢見不鮮，比方說《說岳全傳》，提到金國四太子前生是赤鬚龍，而岳飛是大鵬金翅鳥云云。不過，須說明的是，雖然謫仙觀最早源於道教，但是小說家畢竟不是宗教家，他們在挪用謫降神話時考慮的是趣味性，並不這麼嚴謹，所以常見與佛教「魔王」、「投胎」概念混合的情況。以《檮杌閒評》為例，書中明確提到魏忠賢是赤練蛇的化身：「混世謫來真怪物，從天降下活魔王」（第4回），在此謫降的已經不是神祇，而是妖魔一類的怪物，並與其徒子徒孫結

---

⑤ 李豐楙：〈暴力修行：道教謫凡神話與水滸的忠義敘述〉，《人文中國學報》第19期（2013年10月），頁155。

成閹黨，攪亂大明之朝綱。

（二）天書與玄女

　　胡萬川曾經寫過一篇文章，篇名就叫「玄女，白猿，天書」[6]，這是古典小說中慣見的三種敘事元素，尤其是在書寫宗教起義的故事中更是常用的組合。像是以宋朝王則之亂爲背景的《三遂平妖傳》、明朝唐賽兒之亂爲背景的《女仙外史》，都曾出現九天玄女傳授天書的情節，《三遂平妖傳》還提及白猿係天書的守護者。王則與唐賽兒都是歷史上眞實存在的宗教領袖（主要是白蓮教系統），小說中分別被附會爲是武則天及嫦娥的轉世，以姓名的雙關語增添庶民趣味。

　　而玄女與天書的疊合出現，在中國古典小說中便是以水滸故事爲起點。除本回回目「還道村受三卷天書，宋公明遇九天玄女」明確標舉兩個敘事元素，更早可見《大宋宣和遺事》：「爭奈宋江已走在屋後九天玄女廟裡躲了。那王成跟捕不獲，只將宋江的父親拿去。宋江見官兵已退，走出廟來，拜謝玄女娘娘；則見香案上一聲響亮，打一看時，有一卷文書在上。宋江才展開看了，認得是個天書；……又把開天書一卷，仔細觀覷，見有三十六將的姓名。」《水滸傳》中宋江躲避官差追捕而藏於玄女廟的情節，正是承繼於此。

　　不管是《水滸傳》、《三遂平妖傳》或《女仙外史》，基本上都是帶有宗教性質的人物，由下而上反抗政府的故事，並以九天玄女傳授天命承認者天書，作爲這幾部作品的共通點。這不禁引起我們的思考：「玄女」到底是什麼樣的神？「天書」又是怎麼樣的書？這個組合與宗教起義的關係爲何？《隋書・經籍志》提到所謂的「天書」

---

[6] 胡萬川：〈玄女、白猿、天書〉，《中外文學》第12卷第6期（1983年11月），頁136-164。

是：「天地不壞，則蘊而莫傳，劫運若開，其文自見，凡八字，盡道體之奧，謂之天書。」這個意思是在太平之盛世，「天書」基本上是蘊藏不出的，只有「劫」：人間的末嗣、大難來臨時，這種神祕之書才會浮現。

我們知道，宗教是人類心靈的慰藉，而人心最脆弱之際，通常是遇到無法人力解決之事的時候。以中國為例，東漢末年催生了太平道與五斗米道，就是因為瘟疫橫行、烽火連天，老百姓無力於改變現況，不得已才轉而尋求宗教的援助。對付瘟疫，可以靠喝符水的方式救治，但是戰爭呢？道教告訴人們，只要虔誠信仰，就可以成為上天挑選的「種民」，將能在天崩地坼時受到救贖，洗滌世間的一切苦楚，這就是宗教慈悲、關懷的一面（與基督教有異曲同工之妙）。

確實，宗教有慈愛、安慰的面向，但是很多的信徒仍然心有不甘，不甘於等待，不甘於肉體毀壞後才能超脫困厄，他們想在當下就建立一個新的王國、新的天地，於是爆發了黃巾之亂，揚言以黃天取代蒼天，這就是宗教陽剛的另一個面向。世界上著名的宗教都有這樣的兩面性；即使是菩薩低眉的佛教，也存在著怒目金剛的臉譜──而天書，其作用就表現為賦予起義者「上應符命」的正當性，以及作為指示遣將布陣的「兵書」[7]，才會只在動盪之局中發揮其作用。

另一方面，九天玄女的神格也值得注意。傳說中，九天玄女是上古時授予黃帝兵書的「天女魃」，在其幫助下打敗了蚩尤，可以說是戰爭之女神，類似希臘神話中的雅典娜（Athena），《隋書·經籍志》就提到兵書中有《玄女戰經》、《黃帝問玄女兵法》等。所以現在看到的玄女神像大多持有或配有寶劍[8]，也可以說是一位職掌劫運

---

[7] 胡萬川：〈玄女、白猿、天書〉，頁144-148。

[8] 如下頁附圖，臺北市南港區護國九天宮 九天玄姆聖像，轉引自護國九天宮官方網站：http://www.jiutiangong.com/consecratw.php。感謝「護國九天宮管理委員會」授權使用。

的大神，地位相當崇高。[9]「玄女、白猿、天書」，同樣的敘事要素卻交織出包括《水滸傳》、《三遂平妖傳》或《女仙外史》在內不同的小說作品，類此各種不同文化構成各具特色的種類倉庫，由此構成靈感和創造的寶庫，就被施舟人（Kristofer M. Schipper）稱為「文化基因庫」（Cultural Gene Storeroom）[10]，是文學史上的重要現象。

　　透過以上的介紹，看得出來《水滸傳》濃厚的宗教色彩，而宗教孕育於劫難的難以負荷。「劫」，是宗教家為了讓信徒接受世界之所以災禍頻傳的解釋，通常肇因於世人的罪業過重；包括戰爭與殺戮也是，惟有承認自己的罪愆才能獲得救贖。《水滸傳》中的一百單八將，個個都是殺人不眨眼的魔頭，但唯一獲得「天殺星」頭銜，也最嗜殺人的就是「黑旋風」李逵。小說第53回透過羅真人（公孫勝之師父）之口，印證了上述的說法：「貧道已知這人是上界天殺星之數。

---

⑨ 胡萬川：〈玄女、白猿、天書〉，頁148-151。
⑩ 施舟人（Kristofer M. Schipper）：《中國文化基因庫》（北京：北京大學出版社，2002年），頁11。

為是下土眾生作業太重，故罰他下來殺戮。吾亦安肯逆天，壞了此人。」

這樣的文字乍看之下很殘忍，教人匪夷所思：梁山好漢怎麼會是來處罰下土眾生的呢？但是，這些棲身於蕞荷的響馬卻不過是天意的執行者。可以相互參照的文本是動畫電影《埃及王子》（*The Prince of Egypt*，1998），因為摩西（Moses）的哥哥拉美西斯（Rameses）剛愎自用，不願釋放希伯來人，於是摩西不得不透過上帝之手，向自己曾經的家園降下「十災」，讓整個埃及哀鴻遍野，顯示出東西方共通的神學意識。

2011年中國大陸所播映的《水滸傳》電視劇，片頭曲歌詞有這麼一段，巧妙地呼應了小說的宗旨：「可愛的草莽英雄，原來是群星下界。尋常的瓦舍評書，暗藏著救世祕訣」（毛阿敏演唱版本）。《水滸傳》雖然只是通俗說部，不登大雅之堂，卻也能作為非常之世點化迷津的指南，帶領純樸的信徒洗淨罪孽，安頓心靈，走過艱難的歲月，重返康莊正道。

（三）金聖歎的腰斬

認識到《水滸傳》的宗教情懷之後，我們重新回來檢視版本的情形，就可以理解何以課程中選擇透過120回本來理解小說之創作意識。事實上，70回本或120回本的差異，涉及到了結構上的根本問題，惟有以殺去煞，並經過方臘之征的「兵解」，才算是存神修行的完成，這就是前文提到「天罡盡已歸天界，地煞還應入地中」的循環歷程。

從本回九天玄女對宋江說的話可以窺見此伏筆：「玉帝因為星主魔心未斷，道行未完，暫罰下方，不久重登紫府」，又云：「他日瓊樓金闕，再當重會」，都暗示了梁山好漢終將回到原來的歸屬。可

是，如果故事結束在70回本盧俊義的惡夢的話，顯然這個伏筆將無法兌現。還可以舉一個人物的例子進行說明，此人可以說是《水滸傳》中的第一智者，從他的名字中，我們可以看到作者幽微的寄託，他就是大家非常熟悉的魯智深。

這可能有點讓人意外，因為一般提到小說中算無遺策的智者，讀者們可能第一個會聯想到帶有諸葛亮形象的軍師型人物：吳用——他的綽號恰恰就叫「智多星」。姑且不論「吳用」這個名字辛辣的雙關意味，吳用在小說中也是失誤連連[11]，而就算他真是「謀略敢欺諸葛亮」（第14回）好了，諸葛亮本人也曾被評點者指為「愚不可及」，六出祁山，一無所成，所以關於「智」的向度，指的並不只是上知天文、下知地理的學識或韜略。

反過來說，魯智深（本名魯達）初登場之時，確實是個大老粗。第3回打死鎮關西後，看到捉拿他的榜單，因不認識字還湊去聽別人怎麼唸；僧眾說「善哉」，他還以為是鱔魚（見70回本第3回），文化水準十分低劣。第4回為了躲避殺人之罪，被安排上五臺山剃度，一干僧人覺得魯達「形容醜惡，貌相兇頑」，不似慈眉善目的出家人，希望不要收留他，但是智真長老卻說：「此人上應天星，心地剛直。雖然時下兇頑，命中駁雜，久後卻得清淨，正果非凡。汝等皆不及他。」並賜名「智深」，象徵「智慧深長」的高度。那麼，這樣大字不認識幾個的「花和尚」，究竟是如何「正果非凡」？怎樣「智慧深長」？第90回魯智深重返五臺山，智真長老開口見他的第一句話是：「徒弟一去數年，殺人放火不易」，已經是引人省思；第119回「魯智深浙江坐化」，更可以看到他的大徹大悟。倘若《水滸傳》只結束在金聖歎所腰斬的第70回，顯然作者的苦心與初衷就會被湮沒過去了。

---

[11] 可參考浦安迪著，沈亨壽譯：《明代小說四大奇書》，頁322。

至於金聖歎為什麼要腰斬全傳本的《水滸傳》？這與他所處的時代很有關係。金聖歎是明末清初時人，但明朝崇禎皇帝之所以自縊於煤山，並不是因為女真人打破了山海關，而是在那之前，「闖王」李自成攻入了北京城。換句話說，明是亡於流寇，而非滿清。流寇亦即強盜、響馬，所以對於金聖歎來說，《水滸傳》中梁山好漢嘯聚山林的行為與流寇無異，歷史與文學的盜匪身影，產生了疊合的作用。

　　《水滸傳》「全夥受招安」的情節走向，讓金聖歎非常不安，他說：「後世乃復削去此節，盛誇招安，務令罪歸朝廷，而功歸強盜，甚且至於哀然以『忠義』二字而冠其端，抑何其好犯上作亂至於如是之甚也哉！」（70回本第70回評點）金聖歎宣稱自己腰斬的版本是他發現的古本，全傳本反而是後本，是顛倒時間順序的策略。而又提到全傳本「罪歸朝廷，功歸強盜」──錯在政府，殺人放火的賊寇反而是對的，最後導致了大明的垮臺，這是多麼糟糕的走向！金聖歎覺得有撥亂反正的必要，於是另創了一個結局，沒有招安赦免，也沒有宋江等人的將功折罪，讓梁山泊永遠停留在罪惡淵藪的時間座標。

　　金聖歎並非唯一一個這樣理解《水滸傳》的文人，在道咸年間，有另一個小說家叫做俞萬春，就繼承了這樣的切入點，把一百單八將看作是十惡不赦的反賊，並寫了另一部作品，讓朝廷派軍澈底剿滅這批草寇，而這本書就叫做《蕩寇志》。饒富意味的是，此書寫完不久，就變成清廷用來教導老百姓不要受太平天國蠱惑的宣傳品，在那個特殊的年代下，歷史與文學再次產生纏繞的情況。

　　《水滸傳》中「神煞並存」的複合性，也使得「忠義」的道德評價產生巨大的裂解。我們雖然可以理解金聖歎和俞萬春生逢盜賊蠭起的亂世，對於作品之負面影響力有所不安，但是要充分認識《水滸傳》中深遠的宗教義理，100回或120回還是比較適切的版本。

（四）從驚天動地到寂天寞地

　　牟宗三曾以「驚天動地」和「寂天寞地」闡述水滸之境界，並以為《紅樓夢》是小乘、《金瓶梅》是大乘、《水滸傳》是禪宗，藉此分判章回奇書的宗教高度[12]，後來張淑香衍生發揮成「從驚天動地到寂天寞地」一文。[13]《水滸傳》確實有個驚天動地的開局，在罡曜四散的時候，像是「立地太歲」阮小二、「短命二郎」阮小五、「活閻羅」阮小七這般英雄尚且星光黯淡，只是尋常漁夫，與常人無異，而「智多星」吳用卻慧眼獨具，要邀三阮來幹一件「非同小可的勾當」，讓阮氏三雄非常感慨，把手拍著脖項說：「這腔熱血，只要賣與識貨的！」（第15回）這就是後來「智取生辰綱」的組合，也是初期梁山泊的骨幹成員。

　　水滸好漢有一個熱血沸騰的開頭，但經過三易其主，由宋江擔任領袖後，卻逐漸往接受招安的道路靠攏。第71回「英雄排座次」後，宋江命「鐵叫子」樂和唱「望天王降詔，早招安」，武松不禁叫道：「今日也要招安，明日也要招安，冷了弟兄們的心！」這也引起李逵的怒喊：「招安，招安！招甚鳥安！」小說開始慢慢由熱到冷的降溫，到了方臘之征後，弟兄們死傷大半，只剩卅六人苟延殘喘，魯智深雖然擒得方臘，卻不願接受宋江「還俗為官，在京師圖個蔭子封妻，光耀祖宗，報答父母劬勞之恩」的建議，只回答道：「洒家心已成灰，不願為官，只圖尋個淨了去處，安身立命足矣。」（第119回）至此，當初衝州撞府的一團火燄只剩灰燼——死灰是無法復燃的。

---

[12] 詳見牟宗三：〈水滸世界〉，收於氏著：《生命的學問》（臺北：三民書局股份有限公司，2011年），頁256-264。

[13] 張淑香：〈從驚天動地到寂天寞地——水滸全傳結局之詮釋〉，《中外文學》第12卷第11期（1984年4月），頁138-157。

宋江之所以堅持接受招安，是因為「自幼曾攻經史」的儒家薰陶，想為兄弟洗刷賊寇的污名，並獲得榮耀與成就，他對魯智深所說的「蔭子封妻，光耀祖宗」都是類似的思維。接受招安後，梁山好漢雖然在征遼、征田虎、征王慶戰役中全身而退，但卻在方臘之征中迅速散局。小說在第110回有一個非常奇妙的伏筆，該回宋江率軍攻滅王慶，在獻俘路上，「浪子」燕青剛學射箭，射下許多雁子，卻讓宋江悲從中來：「天上一群鴻雁，相呼而過，正如我等弟兄一般。你卻射了那數隻，比俺兄弟中失了幾個，眾人心內如何？」雁行失序，一語成讖，後來弟兄們果然一一隕落，讓宋江忍不住在御前垂淚：「誰想今日十損其八！」（第119回）

　　宋江事與願違的悲劇還沒結束，當第119回他終於獲得朝廷封賞，回到家鄉，實現光宗耀祖的夙願後，卻發現家鄉等著他的正是宋太公的靈柩，而這回回目非常諷刺地就叫「宋公明衣錦還鄉」。如此，被稱為「孝義黑三郎」的宋江，既將兄弟置之戰火血海，又無法報償老父的鞠育之恩，則其「孝」與「義」何在？相對於宋江儒家理想的落空，自方臘之征殘存下來的星曜也有三種不同的選擇，分別由魯智深、燕青與李俊為代表（皆見第119回）。

　　回到上述之情節，魯智深說自己心已成灰後，宋江並未放棄，他繼續言道：「吾師既不肯還俗，便到京師去住持一個名山大剎，為一僧首，也光顯宗風，亦報答得父母。」誰知魯智深又回答：「都不要！要多也無用。只得個囫圇屍首，便是強了。」從功成名就說到留得全屍，兩人的思維毫無交集，各不喜歡。此時梁山好漢駐紮於杭州六和寺，當夜正是中秋節，錢塘江江潮翻騰。魯智深以為是戰鼓在擂，提著禪杖準備出去廝殺，卻發現原來是潮信作響，忽然想到智真長老曾說：「聽潮而圓，見信而寂」（第90回），知道是自己圓寂之時，便留下偈語：「平生不修善果，只愛殺人放火。忽地頓開金枷，這裡扯斷玉鎖。咦！錢塘江上潮信來，今日方知我是我。」

就這樣，魯智深大徹大悟，坐化而去，他選擇的是一條超脫凡塵，歸返本我的道路，也因此被視爲書中眞知灼見的智慧者——事實上，這位爲躲避追緝的「假和尙」在當了「眞強盜」後仍未褪下袈裟，就與「行者」武松一樣（兩人曾一起落草於二龍山），註定成爲假戲眞做的佛門宗師。

　　燕青則向自己的主人盧俊義建議以韓信、彭越、英布爲借鑒，急流勇退，無奈盧俊義被功名蒙蔽，以爲方臘之征後活下來，正是衣錦還鄉的時候（可見這代表宋江的儒家理想），讓燕青不禁莞爾：「主人差矣！小乙此去，正有結果，只恐主人此去，定無結果。」盧俊義問燕青何去，聽到「也只在主公前後」後，盧俊義也笑說：「原來也只恁地。看你到哪裡？」張淑香說，兩人這一笑，一懵懂，一瞭然，盧俊義更是把人生存亡的大機輕輕放過[14]，最後果然被奸臣藥死。

　　最後是「混江龍」李俊，詐稱中風，不願進京，後來與童威、童猛昆仲飄然海外，作了暹羅國國王，這是虬髯客「此世界非公世界，他方可也」的另闢蹊徑。清初時，有位叫做陳忱的文人，他根據李俊之結局，敷衍成《水滸後傳》（又稱「混江龍開國傳」）一書，讓金兵南下後的殘存星曜輔佐李俊，另建一片天地。金兵其實就影射了同是女眞人的滿清，而書中孤懸海外之暹羅國，則帶有明鄭王朝經略臺灣的影子。[15]

　　「從驚天動地到寂天寞地」，乍看淒涼無比，卻其實也有著豁達的一面。宋江自以爲適合於弟兄們的理想道路，其實是一條不歸路；魯智深就點出了功名雖是「金玉」，但同時也是「枷鎖」，於是從「戰鼓」到「潮信」，正是放下屠刀，縱浪大化的超脫。至此，人生

---

[14] 張淑香：〈從驚天動地到寂天寞地──水滸全傳結局之詮釋〉，頁146。
[15] 可參考駱水玉：〈《水滸後傳》──舊明遺民陳忱的海外乾坤〉，《漢學研究》第19卷第1期（2001年6月），頁219-248。

歷劫的苦難終於告終，義結金蘭的梁山好漢，也將重返原先的歸宿。從這樣的角度來重新審視《水滸傳》，最後的結局不是悲劇，而是修行的圓滿完成。

◎閱讀與思考：請試著思考你對《水滸傳》「從驚天動地到寂天寞地」結局的看法？

忠義群體

（課前閱讀：第120回〈宋公明神聚蓼兒洼，徽宗帝夢遊梁山泊〉）⑯

（一）「忠義」水滸傳

　　一般來說，《水滸傳》被歸類爲「俠義小說」，梁山好漢也被目爲忠義之士，而且最開始的書名就叫《忠義水滸傳》。前面課程我們提到，金聖歎曾腰斬全傳本爲70回本，而且更重要的是，爲了翻轉「罪歸朝廷，功歸強盜」、「哀然以『忠義』二字而冠其端」的印象，於是他把「忠義」兩個字拿掉，又由於金本的流行，今天大多數的讀者只知道《水滸傳》，而不知其原名：《忠義水滸傳》。

　　這樣的更動看起來無關宏旨，然而，在某種程度來說，「忠義」二字其實是比「水滸」更重要的；因爲從字面來說，「水滸」是水邊，「傳」是傳記，「水滸傳」就是一群住在水邊的人的傳記。這樣看來實在有點莫名其妙，但是加上「忠義」二字，並理解其背後的歷史淵源後，才會明白小說寫的是一群「忠義群體」，且這邊的「忠義」，並非單純的形容詞（像是忠肝義膽），而是一個特殊脈絡下的專有名詞。

　　要解釋這個專有名詞之前，不妨先介紹一下兩部電影：《異域》（1990）和《投名狀》（2007）。《異域》講的是國共內戰後，未隨著國民政府來臺的一群國軍，從雲南進入泰緬邊界：「他們曾占領比臺灣大三倍的土地，兩次大敗緬甸國防軍，一次反攻大陸」（電影海報標語）。由於具備不俗的戰力，國民政府要他們暫時滯留該地，伺

---

⑯ 本課程觀點除個人意見外，主要參考自孫述宇：《水滸傳的來歷、心態與藝術》（臺北：時報文化出版事業有限公司，1981年），惟內容經筆者內化，無從一一加注，特此說明。

機反擊共軍（類似三藩之亂時吳三桂的路線），但卻不給他們任何支援，也不允許他們撤退。於是，這群身處「異域」的泰北孤軍，既沒有國，也回不了家。《投名狀》的故事舞臺則是太平天國之亂，一個戰爭中倖存的軍官，結拜了兩個盜匪頭子，並勸之歸順清軍。清政府同樣不給他們任何援助，但接受他們一旦攻下一個被太平軍占領的城池，就可以搶劫三天的條件——換句話說，這是一支身穿軍服，但卻擺蕩於官兵／強盜身分的部隊。

　　《異域》與《投名狀》的相同之處在於，演繹的都是一群名義上是國家軍隊，實際上中央不提供任何資源，只能靠自己養活部下的兵將，這種情況之下，幾乎很難避免用劫掠的方式來謀求軍餉。在兩宋之際，就有這樣的群體存在，他們並未隨著宋高宗的朝廷南遷，而是繼續留在北方對抗金人。這群人包括了曾與遼國作戰而敗的「潰兵」，為求生存而流竄、搶劫，因此又被稱為「軍賊」或「游寇」；其餘也有固守在某個山頭或水寨的自衛組織，就叫「保聚」。兩種身分的人有時互相攻殺，有時彼此合作，在文獻中常被提到的名稱是「忠義軍」或「忠義人」。[17]孫述宇說：「後來這些名稱很自然地簡化成『忠義』，如『本紀』記下高宗曾『罷諸路潰兵忠義等人』。南宋朝野文字常說到『兩河忠義』、『太行忠義』、『山東忠義』等等，指的就是在河東、河北、太行山區、和山東境內保聚的民眾。」[18]

　　但是，這群「忠義人」到底有什麼稀罕的？歷史課本上不是隻字未提嗎？宋金大戰中最出名的大將不是岳飛嗎？「忠義人」又發揮了哪些效用？舉一個例子來說明他們的戰力：在忠義人的隊伍中，有一批被稱為「八字軍」的，他們因在臉上刺上「赤心報國，誓殺金賊」八字而得名，這使得他們即使被俘虜了也難逃一死，所以個個視

---

[17] 詳見孫述宇：《水滸傳的來歷、心態與藝術》，頁49-93。
[18] 孫述宇：《水滸傳的來歷、心態與藝術》，頁68。

死如歸。八字軍在1140年順昌之戰非常活躍，讓金國四太子金兀朮臉上無光，他本來認為順昌的城牆用腳踢就能踢倒，為什麼先鋒軍會失利？過去的金軍對遼軍秋風掃落葉，而宋軍連這樣蹩腳的遼軍都對付不了，又哪裡是金軍的對手呢？可是底下的部將卻回答他：「南朝用兵，已非昔比，元帥臨陣自見。」即使金兀朮出動了十萬大軍及打遍天下無敵手的鐵浮圖和拐子馬，仍然被八字軍以五千人的人數大敗之。⑲

「忠義人」的厲害，就連宗澤、韓世忠、岳飛這些名將都注意到了。事實上，岳飛本來也是潰卒出身的，所以他很清楚這些「軍賊」的潛力以及效忠宋朝的決心。不錯，岳飛是宋朝中興第一大將，讓金人聞風喪膽，並留下「撼山易，撼岳家軍難」的名言。可是，岳飛也不是只靠單打獨鬥，更有靠「忠義人」的支援，例如《宋史・岳飛傳》載：「梁興會太行忠義及兩河豪傑等，累戰皆捷，中原大震。飛奏：『興等過河，人心願歸朝廷。金兵累敗，兀朮等皆令老少北去，正中興之機。』飛進軍朱仙鎮，距汴京四十五里，與兀朮對壘而陣，遣驍將以背嵬騎五百奮擊，大破之，兀朮遁還汴京。」這段文字中明顯提到岳飛朱仙鎮大捷，是先有「太行忠義及兩河豪傑」的勝利作為前導的。

《忠義水滸傳》中的「忠義」，影射的就是宋金戰爭中的「軍賊」，這從另一個角度為我們解釋了，為什麼書中的強盜被譽為「好漢」（除了「神煞並存」的宗教觀點外）：因為他們具有「官兵／強盜」的兩面性，既與金兵血戰而不計犧牲，但也隨時可能為了餬口而打家劫舍，讓老百姓既敬又畏。更重要的是，關於小說書名中的「傳」，到底是誰的傳記，必須配合上述的歷史背景才讓人豁然開朗，原來敘說的是一群在水泊建寨紮營的「忠義人」的故事，而許許

---

⑲ 孫述宇：《水滸傳的來歷、心態與藝術》，頁64、76。

多多關於《水滸傳》中情節的謎團，也必須納入被金聖歎抽換的「忠義」二字來思考，才有辦法迎刃而解。

（二）關於書中的謎團

在《水滸傳》中常常見一位英雄被逼到走投無路時，大歎：「閃得我有家難奔，有國難投！」（如第11回的林沖、第16回的楊志、第34回的花榮、第44回的李雲、第64回的關勝）怎麼會說回不了家，又歸不了國呢？其實這正是兩宋之際淪陷區「忠義人」的心情寫照：留在北方，有家無國；逃到南方，有國無家，好比《異域》的主題曲及英文片名「家，太遠了」（A Home Too Far），精確地道出了他們的進退維谷。

梁山好漢的籍貫及活動範圍也是一個問題。眾所皆知，《水滸傳》中的宋江有其歷史原型，亦即《宋史》中提到的「淮南盜」，不過在小說中卻被稱「山東呼保義」，他的出身為什麼從今天的安徽被移到了山東？又梁山泊本來的首領是「托塔天王」晁蓋，在第60回不幸戰死於曾頭市後，宋江、吳用即思賺盧俊義上山，甚至要把第一把交椅讓給這位北京的員外。即使歷經波折，最後盧俊義還是當了第二號頭領，明明梁山好漢人才濟濟，為什麼盧俊義享有這麼崇高的輩分？其實這也與地域有關，盧俊義的渾號是「玉麒麟」，但在前面還有「河北」二字，「山東呼保義」與「河北玉麒麟」正是整整齊齊的一對，而山東、河北則是兩宋「忠義人」活動的重要地區。小說中也常見山東、河北並提，如第15回「如今山東、河北，多少英雄豪傑的好漢」、第18回「大鬧山東，鼎沸河北」、第64回「俺哥哥山東、河北馳名，都稱做及時雨呼保義宋公明」、第69回「山東、河北，皆號他為風流雙槍將」等等。

此外，熟悉《水滸傳》的讀者應該會發現，河北的大名府也是小

說敘事的熱點，這是因為當南宋向北地的「軍賊」招手的同時，金朝也不笨，他們也在大名府養了一隻看門狗，將獠牙對準了為王前驅的「忠義人」，這隻看門狗就是以漢人劉豫為皇帝的傀儡政權「齊」，史稱劉齊，其國都就在北京大名府。《水滸傳》中的不少人物，都和宋金之戰中的「忠義人」或與之抗衡的劉齊有關，其中大名府的梁中書，暗示的就是劉豫，而他的岳父：大奸臣蔡京，則帶有小說家對於金國厭惡的投射。

有些水滸英雄的形象直接挪用歷史人物，最明顯的是「大刀」關勝，他與歷史上的濟南守將關勝同名，《金史·劉豫傳》載：「撻懶攻濟南，有關勝者，濟南驍將也，屢出城拒戰，豫遂殺關勝出降。」這與容與堂本中的結局一樣：「後來劉豫欲降兀朮，關勝執義不從，竟為所害。」（其他版本中，關勝是喝酒落馬而亡的）不僅關勝史冊真有其人，他的死對頭也恰好是甘為金人鷹犬的劉豫，顯然「忠義人」的故事的確對《水滸傳》的成書造成了影響。而或許是基於對史實中關勝的同情，《水滸傳》將小說的關勝拉擡成關羽的嫡派子孫，並高居於排行第五的位置。[20]

除了關勝外，小說中「一丈青」扈三娘的綽號，由來於《三朝北盟會編》卷138提到的馬皋之妻「一丈青」，她在丈夫戰死後由宋朝軍官閻勛收為義女，並為招撫「忠義人」張用而將其改嫁之。這位威風凜凜的女將作風高調，作戰時會插兩支認旗，一邊寫著「關西貞烈女」，另一邊寫著「護國馬夫人」。[21]小說中的扈三娘與歷史上的

---

[20] 關於關勝事蹟，可參考孫述宇：《水滸傳的來歷、心態與藝術》，頁125、235-236。又《水滸傳》一百單八將的排名與《三國演義》有關：宋江因帶有劉備的影子而排第一；第二盧俊義外，第三吳用、第四公孫勝實際上是諸葛亮足智多謀及呼風喚雨形象的拆解；第五名關勝是關羽的模仿；第六名便是被稱為「小張飛」、以「丈八蛇矛」為兵器的「豹子頭」林沖。

[21] 詳見孫述宇：《水滸傳的來歷、心態與藝術》，頁261-265。

「一丈青」可謂同病相憐；《水滸傳》先寫她的未婚夫祝彪在「三打祝家莊」中陣亡，接著宋江又讓父親宋太公收之為女兒，並將她嫁給好色又粗鄙的「矮腳虎」王英。同樣的渾號與相似的婚姻，這會只是巧合嗎？至於小說中的扈三娘雖是沉默寡言的啞美人，不喜鋪張，但梁山上確有愛打著旗號的角色，那就是「雙槍將」董平，他的箭壺中有小旗一面，上寫著「英雄雙槍將，風流萬戶侯」，靈感可能就來自於兩宋之際的「一丈青」。

前面我們提到了小說中梁中書是劉豫的影射，而其岳父蔡京則是金朝，這個證據主要表現在於「智取生辰綱」的故事，孫述宇便認為，小說中梁中書送給岳父的賀禮十萬貫過於龐大，比較像是附庸國對宗主國的進貢。[22]其實，所謂「綱」就是運輸的隊伍，「智取生辰綱」的故事，與北方「忠義人」攔截金國輜重的作為也有關。《金佗粹編》卷8曾提到在岳飛被十二道金牌召回京城後：「梁興不肯南還，復懷、衛二州，絕山東、河北金帛、馬綱之路。」

梁興、梁青或梁小哥都是同一個人的別稱，乃是河北人，雖然是岳飛的部將，但卻拒絕隨之離開家鄉，寧願留在北方繼續抗金的事業，並阻斷了金軍金帛、馬匹的輸送。這位聰穎的梁興，便是書中燕青的原型，《水滸傳》中的燕青雖非「智取生辰綱」之成員，可是在《大宋宣和遺事》中，相關情節卻有他的名字在列。至於燕青的主人盧俊義不聽「只恐主人此去，定無結果」的忠告，要去享那浮雲富貴，果然在末回被奸臣用水銀鴆死，一來一往，讓小說家讚歎：「若燕青，可謂知進退存亡之機矣。」（第119回）這難道不是對岳飛之死的扼腕嗎？[23]

---

[22] 孫述宇：《水滸傳的來歷、心態與藝術》，頁241-242。
[23] 燕青及與其歷史原型梁興（梁青、梁小哥）的關係，詳見孫述宇：《水滸傳的來歷、心態與藝術》，頁109、231-233、241-245。

盡忠報國是一項非常沉重的事業，尤其當效忠的對象又要馬兒好，又要馬兒不吃草時，有些「忠義人」在這條路上撐不住了，就邁入另一條歧途。當時不只宋朝試圖拉攏北方「軍賊」，金朝也祭出優渥的待遇，要誘使其倒戈，有些人就這樣成了「漢奸」，包括「天王」李成、「大刀」徐文等擁兵卅萬、戰艦數十艘的重量級軍閥，後來都當上了金軍的將領。他們為過去的戰友帶來莫大的麻煩，也被寫入了《水滸傳》，並且在民族意識的作用下，被塑造成為虎作倀的反派。第12回：「正將臺上立著兩個都監，一個喚做李天王李成，一個喚做聞大刀聞達。二人皆有萬夫不當之勇。統領著許多軍馬，一齊都來朝著梁中書呼三聲喏。」李天王、聞大刀、梁中書的組合，恐怕不純粹出於作者的杜撰。[24]

　　《水滸傳》與「忠義人」的關係，還可以見「英雄排座次」情節。早在第60回宋江接替晁蓋山寨之主時，便把「聚義廳」改為「忠義堂」，我們已知道此「忠義」並非單純的形容了，而標榜了「忠義保聚」的身分。第71回排完座次後進一步立誓：「但願共存忠義於心，同著功勳於國。替天行道，保境安民。神天察鑒，報應昭彰。」創作者提醒我們：「看官聽說：這裡方才是梁山泊大聚義處。」如果梁山泊僅僅是賊寇的淵藪，怎麼會說自己「替天行道，保境安民」呢？他們替什麼天？行什麼道？保什麼境？安什麼民？要解決這些疑難，須把宋金戰爭的背景考慮進去，「天」就是「天子」，這些「忠義人」乃是代替逃亡南方而鞭長莫及的朝廷，繼續撫恤留在北方淪陷區而心向宋朝之烝民。[25]能夠達到這樣的高度，才洗刷了「軍賊」的污名，成為人所稱揚的「好漢」，是以小說家說這才是梁山泊「大聚義」的里程碑。

---

[24] 可參考孫述宇：《水滸傳的來歷、心態與藝術》，頁243-245。
[25] 孫述宇：《水滸傳的來歷、心態與藝術》，頁151。

（三）農民起義？仗義疏財？

　　關於《水滸傳》的主題，有一種極為氾濫又沒道理的解讀，叫做「農民起義」。可以理解中國大陸因其歷史脈絡，看待任何歷史事件或文學作品，都有一套制式化的史觀，其中就包括了「農民起義」，像是黃巾之亂、太平天國之亂，乃至於「鄆城小吏」宋江為首的一百零八人嘯聚山林，都被當作「農民起義」，不論其本質到底與農民有無關係（梁山泊有幾個人是莊稼漢？）。本來臺灣所接受的教育背景是不強調這種史觀的，但不幸的是，由於搜尋引擎的開放，許多沒有實際接觸文本的學子，就這樣先入為主的被網路上的資訊所誤導，以訛傳訛。作為一種閱讀的切入點，「農民起義」的解釋不是不行，不過當這種說法被過度放大，並遮蔽了書中真實的情景時，就有加以釐清的必要了；尤其當中國大陸學界也有人針對此說提出反省[26]，我們就更應該回到小說中的文字才好。

　　據劉召明統計，梁山泊的組成，以胥吏、武將為最多，其次為綠林大盜[27]，這正是「軍賊」身分的雙重性，所以第65回宋江勸降「急先鋒」索超（此人本是大名府留守司正牌軍），說道：「你看我眾兄弟們，一大半都是朝廷軍官。蓋為朝廷不明，縱容濫官當道，污吏專權，酷害良民，都情願協助宋江，替天行道。」這段文字便指出

---

[26] 可參考王學泰：〈《水滸傳》思想本質新論——評「農民起義說」等〉，《文史哲》第4期（2000年），頁117-126；王振彥：〈無據推理何時休——《水滸傳》「農民起義」性質之再商榷〉，《荷澤學院學報》第28卷第3期（2006年6月），頁27-30；劉召明：〈《水滸傳》「農民起義」說、「逼上梁山」說獻疑——基於英雄人物身分、職業及上山類型的統計分析〉，《文藝理論研究》第6期（2017年），頁59-69。

[27] 劉召明：〈《水滸傳》「農民起義」說、「逼上梁山」說獻疑——基於英雄人物身分、職業及上山類型的統計分析〉，頁61-62。

了水滸好漢成員的真相：一大半都是朝廷軍官，都是吃過國家糧餉的武臣，並非什麼「農民起義」。前文提及，最早的「軍賊」就是征遼失利的潰卒，其中當然包含了各級的將士，在不得已的情況下淪為響馬，等待草澤報國的時機降臨。

在這樣的前提下，可以想見這些散兵游勇的拮据，所以小說中有一個非常奇妙的現象——身為梁山首領的宋江，文不文，武不武，全憑「仗義疏財」獲得天下英雄的愛戴。第36回宋江在江州施捨使槍棒賣膏藥的「病大蟲」薛永五兩銀子，讓他相當激動：「願求恩官高姓大名，使小人天下傳揚。」區區五兩銀子就讓薛永欲將這位恩人的聲名傳遍全天下，似乎有點太誇張吧？但是這慷慨解囊的資助，正是「軍賊」引頸翹望的「及時雨」，所以《水滸傳》中的好漢並不是見錢眼開，實在是久旱逢甘霖的銘感五內。

在這樣的歷史背景下，梁山泊之所以接受招安，也不是什麼膝蓋軟的「投降主義」作祟，恰恰相反，他們在沒有像李成、徐文一樣投向金朝的懷抱，而是選擇資源短缺的南宋，不辭貧苦，無畏艱辛，這是真正有骨氣的硬漢，所以孫述宇說：「一般而論，這些提刀使槍的人對宋朝倒頗有感情。《水滸》的批評家嘲笑宋江和弟兄們是奴才，因為他們老盼望朝廷招安：這種感情正是那些潰卒的感情。潰卒原本是國家養育的士兵，內中還有好些是自黔（黥）其面來京師勤王的義民，他們後來因缺餉而搶掠，於是背負惡名，但是許多人心中想也沒有想到要做大逆不道的事。」[28] 這段話為我們認識《水滸傳》的人物塑造與情節走向，提供了一個明確的指引。

---

[28] 孫述宇：《水滸傳的來歷、心態與藝術》，頁66。按：括弧內字為筆者所加。

（四）從岳飛到宋江

　　《水滸傳》中常常寫到宋江遭遇危難時，由自己或他人報出「山東及時雨宋公明」的名稱，原本獰惡的匪徒馬上換了一副和藹的面孔，跪拜謝罪，表示仰慕之意，然後與宋江把酒言歡，其樂融融。像是第32回的燕順、王英、鄭天壽，第36回的李俊、李立，第37回的張橫、穆弘、穆順等都是如此，幾乎變成一個喜劇性的公式。宋江的名號，真可謂「頂港有名聲，下港尚出名」，但是，古代並沒有社群網站，為什麼宋江會有不輸給現代網紅的知名度呢？

　　前文提到，小說中的宋江有他的歷史原型，而《水滸傳》的作者在創作宋江這號角色時，確實參考了很多的人物，其中有正史（如「淮南盜」宋江）、有小說（如《三國演義》中的劉備），也有宗教的面向（像是玄壇真君趙公明），而關於宋江的名氣與最後「狡兔死，走狗烹」的結局，卻與宋金大戰中的岳飛有所疊合。

　　又前文說岳飛善戰，金人也相當害怕其威名，但他並不單靠血氣之勇，而是搭配著清楚的戰術。岳飛早已積極布署北方的「椿腳」，隨時保持聯繫，以等待中興之良機；換句話說，岳飛之名，早在山東、河北等地流傳已久，對每個「忠義人」來說，都是如雷貫耳。《金佗續編》卷27記載了岳飛的方略：「相州之眾，盡結之矣。關渡口之舟船，與乎食宿之店，皆吾之人也；往來無礙，食宿有所。至於帛綵之鋪，亦我之人，一朝眾起，則為旗幟也。今將大舉，河北響應，一戰而中原復矣！」這就是為什麼《水滸傳》中有這麼多黑船、黑店，因為那都是這些「軍賊」身分的掩護，他們平時看似不起眼的艄公或小二，實則臥薪嘗膽，只等岳帥的一聲號令，就要殺得女真人措手不及。那麼，岳飛花了多少時間在進行這樣的經營呢？《金佗續編》卷8又說：「措置河北、河東、京東三路忠義軍馬，庶幾可裨贊

岳飛十年連結河朔之謀」。⑳

　　不過，我們都知道，十年的光陰，終究不敵朝廷的十二道金牌。岳飛最大的失誤就是喊出了「直搗黃龍，迎回二聖」的口號，如果為父為兄的徽、欽二帝真的回到故國，那麼宋高宗的處境將會有多麼尷尬？即使不考慮這一點，光是「岳家軍」撼動泰山的聲勢，也足以讓天子如坐針氈了。就這樣，岳飛被以「莫須有」的罪名賜死，與《水滸傳》中宋江被毒殺一樣冤枉；又如同岳飛選擇班師回朝，去面對一場不公平的審判，第120回的宋江也說：「寧可朝廷負我，我忠心不負朝廷！」

　　在岳飛精忠報國而壯志未酬的故事中，少不了奸臣的身影強化了敘事的渲染力，這個奸臣自然就是秦檜。宋江在《水滸傳》中是岳飛的化身，第110回就有一首詩歌頌宋江的忠心耿耿，並與秦檜進行對照：「堪羨公明志操堅，矢心忠鯁少欹偏。不知當日秦長腳，可愧黃泉自刎言。」如果沒有兩宋之際「忠義人」歷史背景的知識，乍看這首詩可能會覺得有點納悶，但是在經過上述的介紹，我們應該就會知道，小說家是把對於岳飛的崇敬投射在宋江身上，並藉此罵了他的死對頭秦檜一頓。這首詩在芥子園本作：「誰向西周懷好音，公明忠義不移心。當時羞殺秦長腳，身在南朝心在金」，說得更是明顯了。

　　第120回回末有兩首詩，其中一首頭尾是這樣的：「莫把行藏怨老天，韓彭當日亦堪憐」、「早知鴆毒埋黃壤，學取鴟夷泛釣船」。《水滸傳》是明朝的小說，可是在宋人葉紹翁所作〈題西湖岳鄂王廟〉的頭尾，句法卻十分雷同：「萬古知心只老天，英雄堪恨亦堪憐」、「早知埋骨西湖路，合取鴟夷理釣船」，從時間的順序來說，總不會是宋朝的詩人去模仿明朝的說部吧？⑳

---

⑳ 以上詳見孫述宇：《水滸傳的來歷、心態與藝術》，頁100-101。

⑳ 關於歌詠岳飛及宋江詩歌的聯想，詳見孫述宇：《水滸傳的來歷、心態與藝術》，頁211-215。

除此之外，《水滸傳》中還有許多情節與宋金之戰有關，除了第16回「吳用智取生辰綱」外，第57回「宋江大破連環馬」、第60回「晁天王曾頭市中箭」[31]、第63回「宋江兵打北京城」、第66回「吳用智取大名府」，還有攻打東平府、東昌府、征遼等等，都能帶給我們相關的聯想。而一般認為岳飛所作〈滿江紅‧寫懷〉（別忘了第71回宋江也曾填了一首〈滿江紅〉）的名句：「靖康恥，猶未雪」、「壯志饑餐胡虜肉，笑談渴飲匈奴血」，在小說第55回也有一首情境很相似的回首詩：「幼辭父母去鄉邦，鐵馬金戈入戰場。截髮為繩穿斷甲，扯旗作帶裹金瘡。腹飢慣把人心食，口渴曾將虜血嘗。四海太平無事業，青銅愁見鬢如霜。」詩中說的是一個從小離開家的軍士，在逃遷的環境下艱苦地作戰，甚至「食人心（饑餐胡虜肉）」、「嘗虜血（渴飲匈奴血）」，等到和平終於降臨了，他攬鏡一照，只看到斑白的髮鬢，內心感到惆悵不已。

這首詩跟《水滸傳》的故事一點關係也沒有，那麼小說家為什麼要寫呢？要知道這種「無關宏旨」的書寫，有時正是作者刻意安排的「潛話語」，埋藏了小說敘事上的祕密。所以是誰從小就被迫「有家難奔，有國難投」？又何以安和的時光反而讓他為之哀愁呢？只因詩中的「四海太平無事業」，是用岳帥之死、歲幣稱臣所換來的，是一種屈辱的和平，有違這些淪陷區人民「直搗黃龍」的夙願，所以真叫人啞巴吃黃蓮！而第55回的回目正好就叫「呼延灼擺布連環馬」，這不正是對金兵「拐子馬」的影射嗎？

---

[31] 「晁」暗示「趙」（宋朝皇帝的國姓），「曾」暗示「金」，即靖康之禍的影射，見孫述宇：《水滸傳的來歷、心態與藝術》，頁161。

　　題外話是，很多人可能會覺得要尋找《水滸傳》中的蹤跡，山東是最重要的地理座標。誠然，梁山泊的位置就在山東，宋江的出身也被小說創作者從安徽挪到了山東，況且山東、河北都是「忠義人」血淚交織的戰場；但越讀到後面，會發現杭州也充滿了《水滸傳》的影子。[32]不只張順在湧金門陣亡、魯智深在六合寺坐化，杭州更是

---

[32] 如附圖上為杭州岳王廟岳飛坐像，圖下為六合塔魯智深聽潮圓寂像（二圖皆作者攝影）。

岳飛齎志而歿的地方。如果以後同學有機會來到杭州，除了秀麗的西湖和雷峰塔的白蛇傳說外，不妨駐足那裡的岳王廟，或許就能體會到第120回作者那不絕於耳的嗟歎：「他日三邊如有警，更憑何將統雄兵？」

◎閱讀與思考：除了宋金戰爭下的「忠義人」外，歷史上還有哪些群體也有雙重身分的兩難？他們的故事帶給你什麼樣的啟示？

暴力敘述

（課前閱讀：第51回〈插翅虎枷打白秀英，美髯公誤失小衙內〉）[33]

（一）強人說給強人聽的故事

中學的時候，國文課本對於《水滸傳》的選文，不外乎是「魯智深大鬧桃花村」、「林沖夜奔」；一個是古道熱腸的花和尚，另一個則是擺低姿態，但卻被惡人軟土深掘，終於忍無可忍的被害者。這會帶給我們兩個印象：第一，梁山好漢都是「路見不平，拔刀相助」的「俠盜」；第二，這些英雄都是「官逼民反」的犧牲品。的確，我們不能否認魯智深、林沖的故事有上述的傾向，但這並不是這部作品的全貌，這也牽涉到《水滸傳》是一本怎麼樣的小說？作者到底是寫給誰（預設讀者）看的？

孫述宇認為，《水滸傳》正是「強人說給強人聽的故事」[34]，換句話說，就是歷來對於該書的憂慮：「誨盜」，亦即教你怎麼當強盜的教科書。這聽來很奇怪，不過想當江湖上的扛霸子，就是靠三個條件：夠狠、義氣、兄弟多。狠不狠，有沒有義氣是個人的資質，但要兄弟多則要多宣傳，才能達到招兵買馬的效果。《水滸傳》既然是在寫響馬的生活，那麼它當然就是響馬的《聖經》，在世代累積的創作過程中，也滲入了許多與常人不同的「暴力」色彩，我們也將會看到梁山好漢關於「義」的解讀，是有多麼讓人匪夷所思。

在本回故事中，因為「美髯公」朱全（身分是都頭，同今日警察）曾三番兩次縱放身犯大罪的晁蓋、宋江、雷橫等人，甚至因此受

---

[33] 本課程觀點除個人意見外，主要參考自孫述宇：《水滸傳的來歷、心態與藝術》，惟內容經筆者內化，無從一一加注，特此說明。

[34] 詳見孫述宇：《水滸傳的來歷、心態與藝術》，頁25-46。

連累而被刺配滄州，於是眾頭目感念其「義氣」深重，欲邀請他上山「同聚大義」。可是朱全卻不願意，他認為自己服刑完畢後可復為良民，雷橫等人豈可陷自己於「不義」？最後吳用等人巧施智謀，調度李逵殺死朱全銜命保護的小衙內，使之無法向長官交代，只能躲到梁山去。

這裡可以注意到的是，吳用等人的「聚義」，對朱全來說，認為是「不義」，讓人發現到「義」原來是會有衝突的。太多的漫畫、電影中，我們會看到各自標舉「正義」大旗的英雄們彼此因互不認同，繼而產生了激烈的戰鬥，如《蝙蝠俠對超人：正義曙光》（*Batman v Superman: Dawn of Justice*，2016）、《美國隊長3：英雄內戰》（*Captain America: Civil War*，2016）等等。但為什麼會有這樣的狀況？如果蝙蝠俠、超人、美國隊長、鋼鐵人都以「正義」的一方自居，又何以認定對方為「不義」，以致必欲除之而後快呢？

不妨先回到「義」的本義。之前在《三國演義》「關雲長義釋曹操」的故事中我們提到，「義」就是「正當性」，也就是做對的事情。即使關羽放走曹操有違扶漢之「大義」，但卻償還了個人的知遇之恩，是為「小義」，所以還是受到作者的認可，並在讀者心目中留下義薄雲天的印象。然而，吳用的計策出發點雖說是為了「聚義」，卻犧牲了一個無辜的幼童，這不免使我們感到不安，也逾越了世俗可以接受的道德界線，這還能算是「義」嗎？正因為如此，孫述宇認為《水滸傳》中的「義」是一個滑溜溜的字，梁山好漢是「不論是非，只講義氣」的[35]，「義」是我心裡覺得對的事，它不見得符合一般人普遍的認同，這裡的「正當性」只是少數幾撮人說的算。

身為都頭的朱全不顧法律的規定，私放晁蓋、宋江、雷橫是「義」；為了逼朱全上山而殺小衙內也是「義」，《水滸傳》中還有

---

[35] 詳見孫述宇：《水滸傳的來歷、心態與藝術》，頁275-279。

其他場合的描寫，分明用了「義」字，卻讓人覺得沒這麼光明磊落。如第15回「公孫勝應七星聚義」，晁蓋、吳用、公孫勝、劉唐、阮氏三雄皆知梁中書要送給岳父蔡京的生辰綱多是搜刮民脂民膏，因此想去取此一套「不義之財」。讀到這邊，我們可能會期待「七星」會像俠盜羅賓漢（Robin Hood）、大盜五右衛門或義賊廖添丁一樣，劫富而濟貧，但他們只說：「取此一套富貴不義之財，大家圖個一世快活」——也就是我們幾個人就分了這些錢吧！如此，老百姓的血汗錢只是轉移到這些人的口袋而已，這不能算是什麼令人稱頌的事情吧？可是這回的標題卻叫做「七星聚義」。

另外是第28回「施恩義奪快活林」，主角就是知名度也很高的武松。武松最有名的兩項事蹟莫過於打虎與殺嫂，這正是發生在武松殺死潘金蓮後，被刺配孟州的故事。本來凡是新到囚徒，都要打一百殺威棒，可是武松不但免了，還被好酒好肉的招待，甚至洗了舒服的熱水澡。武松覺得奇怪，打聽之下，原來是小管營交辦如此。這位小管營就是後來梁山好漢之一的「金眼彪」施恩，他坦承有事相求，並娓娓道來：孟州有一地叫快活林，本來是自己的地盤，我靠著自身本事及八、九十個亡命囚徒，在那開酒肉店，分與店家和賭錢兌坊——也就是放高利貸、收保護費的。聽到這裡，也還不算太過分，武松也沒打斷。

又說：「但有過路妓女之人，到那裡來時，先要參見小弟，然後許她去趁食。」換句話說，就是向這些可憐的風塵女子剝削她們的皮肉錢，這還算是男子漢嗎？我們可能以為武松會掀了桌子，一拳打向施恩，怒罵：你也不是什麼好東西！但沒有，武松依舊不覺得這有什麼出奇。原來施恩這傢伙半官半黑的，賺這種沒本錢的生意；可是惡人自有惡人欺，近來營裡來了位張團練，帶了個手下叫蔣門神的，搶了施恩的門路，而施恩打不過蔣門神，於是求助於打虎英雄武松。

武松聽了笑呵呵，果然趁醉添了幾分力氣，三拳兩腳就把蔣門神打得鼻青臉腫，滿地找牙。這一切都是感念施恩的義氣：你既然有招待我酒肉，那你就是我的哥兒們了，替哥兒們出口氣也是應該的。施恩果然重霸快活林，然而小說家卻添加了一筆細節：「自此施恩的買賣，比往常加增三五分利息」（第30回）──也就是說，這裡的商賈、妓女，在蔣門神控制下，還不必貢獻這麼多錢，如今重新回到施恩手中，被抽的油水又更重了，情義相挺的武松，並未考慮到他們的死活，這叫做「義奪快活林」。從這些例子，我們發現一件事，那就是水滸好漢所謂的「義」，果然跟一般善良老百姓的定義不太一樣。

（二）血濺鴛鴦樓

這次的課程主題是「暴力」，「暴力」之所以成為討論《水滸傳》的重要命題，不只是重口味、夠腥羶，能刺激讀者而已，而是藉由書中暴力的場景，我們試圖追問：暴力是怎麼產生的？為什麼一個人會變得暴力？《水滸傳》最暴力的一幕，莫過於第31回的「血濺鴛鴦樓」，這裡的主角同樣是武松，他犯下慘絕人寰的滅門血案，終於落草為寇。可是，最初武松的登場，不是風光的打虎英雄嗎？

武松之所以走上不歸路，還是要從與嫂嫂潘金蓮的糾葛說起。我們知道潘金蓮如花似玉，嫁給「三寸丁谷樹皮」的武植，內心極度不平衡，所以將少女情懷轉移到武松身上，甚至幾杯黃湯下肚後便試圖誘惑起小叔。無奈武松是個鋼鐵男子，不僅拒絕她的求歡，還撂下狠話，要潘金蓮知羞恥，否則「武二眼裡認的是嫂嫂，拳頭卻不認的是嫂嫂。」這件事讓武松明白，潘金蓮是一個不安於室的女人。湊巧我們的武都頭要去東京公幹，臨行前不忘警惕兄嫂，希望哥哥每日晏出早歸，回家後放下簾子，不顧潘金蓮暴跳如雷，隨即揚長而去。（以上見第24回）

等到第26回武松返回陽谷縣，看到家中立了靈床，上寫「亡夫武大郎之位」，還以為自己眼花了，連忙問了潘金蓮及王婆，哥哥如何死的？吃了什麼藥？找誰攢的棺材等等。武植自然是潘金蓮、牽線的王婆，以及姘頭西門慶害死的，但兩人卻說些閒話，試圖糊弄過去，武松只得轉而找殮葬哥哥的何九叔探問虛實。何九叔見問，不慌不忙掏出兩塊酥黑骨頭、一錠十兩銀子，解釋武植果然死得蹊蹺，七竅瘀血，分明是中毒身亡，卻被西門大官人送來銀兩，叫我多少遮蓋。

於是武松向知縣控告這對姦夫淫婦，希望法律能洗刷哥哥的冤屈。可惜西門慶早就將衙門也打點好了，知縣反而責怪武松太沒分曉，誣告好人。武松聽到官府也不主持公道，只說，既然如此，卻又理會。平心靜氣地找了潘金蓮，說要趁隔日亡兄斷七，找街坊鄰居請客答謝。

潘金蓮見武松在官衙碰壁，不疑有他。唐邊頭尾也被武松抓了過來，一杯、兩杯、三杯……武都頭不發一言，大家都受不了這種忐忑的沉默，想要走人，卻被攔了下來。忽然武松颼地掣出亮晃晃的尖刀，開始審問起王婆和潘金蓮。潘金蓮還要口強，早被揪住頭髮，提住胸口，放在靈床之上，用刀在她臉上刮了兩刮，嚇了個花容失色，於是將事情和盤托出。會寫字的鄰里顫巍巍地把口供寫下，王婆也招認了，兩人都畫了押。可怕的一幕上演了！武松兩隻腳踏住潘金蓮的胳膊，扯開胸脯衣裳，在胸口一剜，取出五臟六腑，然後割下頭來。

之後，武松又去獅子橋酒樓殺了西門慶。不過，武松果然是好漢，並未就此潛逃，而是攬起責任，雖是為兄長報仇，但既然殺了人，甘願接受典刑制裁：「犯罪正當其理，雖死而不怨。」（第27回）到了這裡，我們會發現「武松殺嫂」這件事情本來是可以不用發生的，武松雖然殺人不眨眼，可是他並不是天生愛殺人。伊始之際，武松試圖抽絲剝繭，並尋求正當的途徑來為哥哥伸冤，可是魚肉鄉里的惡霸，以及徇私枉法的狗官，共同扼殺了這條道路的可能性，逼使

得他以私刑的方式解決這一切。但即使如此，武松在這件事的尾聲，還是對「正義」存在著一絲的信仰，他留下狀紙，就是要留給自己一個清譽，哪怕最後可能還是得殺人償命。

　　事情一度是有轉圜的。武松的運氣不錯，官府只把他刺配孟州，有機會再做良民。更幸運的是在醉打蔣門神後的第30回，還獲得當地張都監的青睞，一力擡舉，充當心腹，武松亦感覺重獲新生。時序來到八月十五中秋佳節，張都監不但設宴款待武松，還喚出嬌艷欲滴的養女，名叫玉蘭的，意思要給他做個妻室。武松推辭不過，因醉告辭，在月光之下只覺輾轉難眠，遂舞了一回棍棒。

　　正沉浸於這份繾綣的美好，忽然聽得大喊抓賊，武松有感張都監愛護，還將花枝也似的女兒許配予我，怎能不幫忙？於是急忙往後花園奔去，冷不防一條板凳絆倒，旋被送到憤怒的張都監面前，直指他是賊。武松大叫冤枉，可是臥房卻被搜出二百兩贓銀——搞了半天，張都監、張團練、蔣門神都是一夥的，他們串通一起，要置武松於死地，蒙施恩打點，只被判刺配他處。

　　武松從試圖暗殺他的刺客口中打聽到，張都監等人就在家裡的鴛鴦樓慶祝。他在第31回先摸黑潛入後花園，一刀殺了養馬的後槽，砍了頭，然後搜刮起碎銀，掛在門邊，接著繼續朝亮處而去，卻是兩個丫鬟加班準備消夜，同樣被武松殺了，滅了竈火。下一批受害者便是陷害武松的張都監、張團練、蔣門神，武松很快砍殺三人，並大搖大擺吃起酒肉，用衣服蘸了血，在牆上大書「殺人者打虎武松也」八個大字，然後將桌上銀製器皿踏扁，揣在懷裡。

　　本來武松已準備離去，可樓下夫人卻派了小廝來探，只得繼續手起刀落。到此，我們的打虎英雄已經殺紅了眼，心想：殺一個也是死，殺一百個也是死，何不多殺幾個？遂提刀下樓，劈頭剁向夫人，刀子砍缺了又換一把。忽見燈明之處，佳人玉蘭（無緣的未婚妻）引著兩個小的，二話不說，一刀一個都搠死（請注意原文是「向玉蘭心

窩裡搠著」），然後又找到屋內的兩三個婦人，全部滅口，這才心滿意足，將碎銀、銀器都帶走。

與「武松殺嫂」的故事聯合起來看，武松之所以成爲殺人的魔頭，其實不是這個人天生壞胚子。如前所述，武松一開始也是受害者，他也想循正常管道伸張正義，可惜求助無門，只能動用私刑。即便如此，武松仍敢作敢當，情願接受制裁。然而，當武松想死的時候，這個體制不判他死；當武松想活的時候，這個社會卻又置他於死地。當這個齜齒戴髮的大丈夫從地獄爬上來時，已蛻變成最暴虐的惡鬼，終於釀成「血濺鴛鴦樓」的悲劇。我們要強調的是，武松並非《水滸傳》中最愛殺人的人，但一旦他大開殺戒，便是最殘酷的血案。這便是「暴力」的產生，是這個社會的「暴力」的傾軋，激起了「暴力」的強烈反彈。

不過，即使如此，關於武松的故事還是有些耐人尋味之處。浦安迪說：「表面上，武松的狂怒殺人完全有理，他的犧牲品畢竟不久前還參與了謀害他本人的冷酷陰謀。因此，只有在作者運用他那神來之筆，通過對無辜奴婢們絕望乞憐、武松席捲金銀器皿而走等細節描寫，以及逗引我們回想到武松爲玉蘭姿色曾不免動心的微妙表現之後，這才加強了對武松任性狂暴濫殺的最後印象。」[36]

也就是說，這看似快意恩仇的情節，隱藏了兩個與復仇無關的疑點。第一個是貫串「武十回」的女色問題。武松對待潘金蓮和玉蘭的手法，都看到出「厭女症」的味道，而所謂「厭女症」其實是出於極端的禁慾主義——並非眞的討厭女人，而是難以抵擋女人的魅力，不如毀滅她們。試看武松在面對潘金蓮引誘時的反應，是不是有點太激烈了？又爲什麼殺潘金蓮及玉蘭時，都是往她們的酥胸發難？這些細

---

[36] 浦安迪著，沈亨壽譯：《明代小說四大奇書》，頁302。

節都讓我們覺得武松就像那些畏懼紅顏禍水會造成組織危害的強盜，但又無法真的心如止水。[37]

另一個問題是武松幹麼要掠走碎銀和銀器？不過這個答案比較沒這麼複雜，作為「誨盜」的小說，《水滸傳》難免要諄諄開導它的門徒們：復仇僅僅是心中的暢快得到紓解，無關乎溫飽，我們的正經生意是搶劫，殺人之餘必須越貨，這才是發財之道。從這個角度來看，《水滸傳》真是不折不扣的強盜書。

（三）投名狀：強盜的入場券

在「美髯公誤失小衙內」的情節中，李逵為了逼朱仝上山，一斧劈死無辜的幼兒，這件事除了讓人覺得殘忍、不舒服以外，還有什麼可以解讀的意涵？試看第11回，林沖雪夜上梁山後，被要求納「投名狀」，他還以為是寫什麼狀紙，但「旱地忽律」朱貴卻笑著說：「教頭，你錯了。但凡好漢們入夥，須要納投名狀。是教你下山去殺得一個人，將頭獻納，他便無疑心。這個便謂之投名狀。」既然要當強盜，就是殺人放火的勾當，如果來投奔的人清清白白的，沒有前科，誰知道你是不是來臥底的？所以「投名狀」就是叫林沖殺一個人，證明你也犯下滔天大罪，加入共犯結構，沒有回頭路了。朱仝雖然是受到牽連，但因為沒有做好保護小衙內的責任，也難辭其咎，只能躲上梁山了。

---

[37] 像這種「厭女症」的心態，在亡命之徒或宗教人物，往往有曖昧的表現（可參考孫述宇：《水滸傳的來歷、心態與藝術》，頁37-39），前者的代表是《水滸傳》，後者則如《青蛇》中的法海，或是《鐘樓怪人》（*The Hunchback of Notre-Dame*）中的副主教孚羅洛（Claude Frollo）。

因此，「投名狀」就是強盜的入場券。只不過，今天如果只是殺一個不相干的人，或許大家還可以一派輕鬆地看待，就像林沖一樣二話不說就答應了，可是「投名狀」背後的意義還不只如此。進一步來說，加入強盜幫派就是脫離正常的社會，進入「黑社會」，所以「投名狀」也是要求想成為強盜的人，澈底與舊社會網絡劃清界線，亦即切斷過去的人際關係，而且不只是朋友而已，最好連父母妻小也都斷得一乾二淨。

　　明朝成化年間，有部說唱詞本，叫《花關索傳》，就是講關羽的兒子「花關索」的故事。與《三國演義》一樣，開頭也是劉、關、張三結義，只是三人講完「只求同日死，不願同日生」的誓言後，劉備卻疑心二弟家有老小，恐有回心，關、張遂約定去殺彼此的家人（因為自己總是殺不下手，不如交給異姓兄弟）──這就是強盜「殺家結義」的傳統。《水滸傳》雖然沒有這麼泯滅人性的橋段，可是第44回李逵向眾頭目訴說老母被虎吃了的傷心事，以及遇上冒牌貨李鬼的遭遇，大家的反應竟是哄堂大笑，晁蓋、宋江也笑稱李逵殺了四隻老虎，又帶回兩頭老虎（「青眼虎」李雲、「笑面虎」朱富），是值得慶祝的事情，沒有任何一個人把他的媽媽死掉當一回事，也算是半斤八兩了。

　　是以前面提到武松的「厭女症」，也可納入「投名狀」的邏輯來解讀。對於強盜來說，家庭是闖蕩江湖的累贅，女人更是礙眼的絆腳石，所以《水滸傳》中有這麼多淫婦：閻婆惜、潘金蓮、潘巧雲、賈氏等等，以及害得雷橫上梁山的白秀英也是，均是厭女情節的映射。誠然，梁山泊一百單八將中是有女性角色，但屈指可數的「一丈青」扈三娘、「母夜叉」孫二娘、「母大蟲」顧大嫂，若非武藝高強，就是相貌醜陋。換言之，她們是帶有男性氣質的女子，所以才能破例入了水滸英雄的金蘭譜──而且別忘了，扈三娘全家被李逵殺死，她居然可以若無其事地與其當哥兒們，可見這個女人有多不正常。

此外，我們過去對於《水滸傳》的認知泰半是「官逼民反」，這份印象主要來自於林沖被高俅窮追猛打的不幸。可是嚴格來說，林沖反而是特例，大部分落草的都出身軍官或富戶，他們沒有受到朝廷的虧待，也就沒有入夥的理由，純粹是來自梁山泊的陷害，導致上天無路，入地無門，只好乖乖上山坐一把交椅。第34回的「霹靂火」秦明可說是第一個受害者，他本是青州兵馬統制，在與清風山作戰時被俘，宋江等人力勸其聚義，秦明不肯，只答應留宿一晚，便要回返。歸途所見，卻是斷垣殘壁，屍橫遍野。到了城下，慕容知府怒斥其濫殺百姓，還說已經殺了他一家子，並把其妻子首級挑起，以示不假，秦明悲憤填膺，但面對城上射來的箭雨卻無計可施，只能轉走。路上又遇宋江，宋江還坦承：因為秦明不願入夥，因此假扮其模樣，殺人放火，先絕了總管歸路的念頭。

只因想招納一個不願意投身綠林、克盡厥職的武臣，一起過著「大秤分金銀，大碗吃酒肉」的快活日子，便拉了許多分明無辜的男女老幼陪葬，還害人家破人亡，這真是難以承擔的「好意」。這並非單一的案例，《水滸傳》中有一個大事件，就是梁山泊「三打祝家莊」；祝家莊、李家莊、扈家莊本是三個衛星村落，說好結成聯盟，共禦外侮，因此扈三娘才捲入衝突，可是身為李家莊莊主的「撲天鵰」李應卻選擇明哲保身，自以為能免於池魚之殃。然而，第50回激烈的大戰甫結束，知府便找上門來，認定李應勾結梁山賊寇，硬要扣押他，路上被宋江等人解救，可也回不了家，而是被拖上梁山。李應掛心著莊園，不願當頭領，吳用卻笑容可掬地說道：「貴莊一把火，已都燒做白地。大官人卻回到哪裡去？」再看時，家眷的車隊迤邐上山，說是巡檢抄家，放火燒了莊園，帶我們過來。李應暗暗叫苦，後來又發現兩批官人都是梁山好漢喬裝的，讓他大為傻眼。

第65回「浪裡白條」張順為使「神醫」安道全甘心離開娼妓李巧奴的溫柔懷抱（因要請他幫命危的宋江治病），知婊子與謀財害命

的江賊相好，遂連她同虔婆、廚役都殺了，且和武松一樣，用衣服蘸了血，但接下來寫的卻不是「殺人者張順也」，而是「殺人者安道全也」，一寫還寫了數十個地方。隔日安道全看了渾身麻木，只得摸摸鼻子跟著張順上梁山。像這樣的例子，書中還不少，可知「官逼民反」反而才是《水滸傳》的稀罕事。

回到「美髯公誤失小衙內」的故事，我們看到梁山好漢個個雙手沾滿鮮血，武松、張順等人也殺女人，可若要叫他們殺稚子，還不見得願意動手，畢竟這實在太有損英雄的威風了。但李逵不一樣，殺人是他最大的興趣，在某種程度來說，小說家在寫李逵這個「黑禽獸」，不是比喻而已，而是真的把他當作一頭沒有人性的野獸。

大塚秀高曾解釋宋江的字號「公明」，靈感來自於玄壇元帥趙公明，而且二者都有黑臉的特徵。[38]如此說來，身為宋江心腹愛將的李逵，同樣膚色黝黑，讓人聯想到趙元帥的座騎也是頭黑虎。第38回「黑旋風鬥浪裡白條」，小說家分明指出張順與李逵的本相：「一個是馬靈官白蛇托化，一個是趙元帥黑虎投胎」。[39]而第40回「梁山好漢劫法場」，李逵援救差點被砍頭的宋江，出場時被形容是個「虎形黑大漢」，一路上殺人無數，不問軍官百姓，殺得屍橫遍野，血流成渠。所以李逵果然是一頭黑色的老虎，也只有這種野獸才能毫不留情地吞噬嬰孩；而這個關於「虎」的寓意在《西遊記》、《金瓶梅》還會再出現，同學不妨留意。

---

[38] 見大塚秀高：〈瘟神の物語──宋江の字はなぜ公明なのか──〉，《宋代の規範と習俗》（東京：汲古書院，1995年），頁213-245。亦可見中譯版：〈瘟神的物語──宋江的字為什麼是公明〉，《南京師範大學文學院學報》第1期（2003年3月），頁67-78。
[39] 參考荒木達雄：〈李逵殺虎故事成立的背景〉，《中國── 社會と文化》第25号（2010年7月），頁127-143。

（四）不是俠盜

水滸英雄不僅是天上的「惡曜」下凡，稟性生來要殺人，殺人還會分門別類，例如第37回的「船火兒」張橫，看見宋江囊橐頗豐，威脅著要請他吃「板刀麵」或「餛飩」；前者是一刀一個，後者是自己跳下水去，足見作者相當熟悉江湖上的黑話。

不單是如此，這些好漢還會吃人。最出名的第27回十字坡孫二娘開的人肉包子店，當時武松與張青、孫二娘夫婦不打不相識，張青親切介紹平日如何以蒙汗藥麻翻客商，胖的做黃牛肉，瘦的做水牛肉，甚至廣結善緣，平日充當美食外送，挑些去村裡賣。這還沒完，又帶武松參觀「人肉作坊」，讀者順著武松的視線，卻見壁上繃著幾張人皮，梁上吊著五七條人腿，見兩個押解武松的公人，一顛一倒，挺在「剝人凳」上。

坦白說，這些描寫感覺上超越了一般人的想像力，若干細節過分具體，不禁讓人好奇有必要如此鉅細靡遺嗎？彷彿創作者有過一定的經驗。就像第32回王矮虎欲挖宋江的心臟來當煮醒酒酸辣湯，吩咐小嘍囉在其心窩潑水，並解釋道：「原來但凡人心，都是熱血裹著。把這冷水潑散了熱血，取出心肝來時，便脆了好吃。」小說家倒底是怎麼知道人心好吃或不好吃？第43回的李逵也吃人，把太歲爺頭上動土的冒牌貨李鬼殺了後，拿起腰刀一面切，一面燒，當作飯菜一樣大快朵頤。

諸如此類「殺人的技倆與吃人的把戲」，作為藝術上的書寫，讀來當然很刺激，卻遠離了日常人的生活，也很難讓人心生嚮往。大概只有那些心狠手辣的強梁，才會認真考慮去幹這一類不用本錢的勾當。

梁山好漢不僅「只劫富，不濟貧」，有些人還欺壓無辜（如「金眼彪」施恩），女人、幼兒都逃不過他們的屠刀，過路的商旅一個不小心，可能就變成下一批客人的盤中飧，這簡直距離我們心目中的「俠盜」太遙遠了！

這些人不只不是俠盜，而且睚眥必報，比方說，我們屢屢提到的「三打祝家莊」，到底是怎麼發生的呢？原來第46回「石秀殺嫂」（又一紅杏出牆的女人被處以私刑）後，「病關索」楊雄、「拚命三郎」石秀、「鼓上蚤」時遷三人結伴欲投靠梁山泊，途經客房，店家表示雖有酒飯，卻無肉可招待。對於無肉不歡的江湖豪傑來說，沒有肉豈不是就像第4回魯智深所說的，口中淡出鳥來？幸虧時遷是小說中第一神偷，順手摸了店中養來報曉的大公雞，煮了變香噴噴的手扒雞來孝敬兩位哥哥，但這也惱了店小二。

雙方吵得不可開交，石秀搬出「梁山泊好漢」的名號，想要壓倒店家，可是店家背後有祝家莊當靠山，也沒把梁山泊放在眼裡。石秀根本還沒上梁山，就以梁山好漢自居，幹的還是偷雞摸狗的鳥事，這種狐假虎威的行為惹毛了晁蓋，可是宋江卻幫他們說話，並把矛頭指向祝家莊。就這樣打了轟轟烈烈的三場大戰，打破祝家莊後還將之掃蕩一空，洗劫殆盡——而追根究底起來，雙方到底是有什麼不共戴天之仇？答案是一隻雞！僅僅一隻雞而已！這就是引爆梁山好漢雷霆巨怒的導火線。

◎閱讀與思考：若你是朱仝或扈三娘，是否會與仇家李逵稱兄道弟？又在梁山之上，會用怎樣的態度與李逵相處？

《西遊記》

諧謔對話

（課前閱讀：第74回〈長庚傳報魔頭狠，行者施為變化能〉）^①

（一）諧謔：一種敘述態度

在「四大奇書」的文本群中，悲劇的走向占據了主旋律，《三國演義》的末篇是三家歸晉、《水滸傳》的終局是梁山好漢十損其八、《金瓶梅》則是西門府的樹倒猢猻散，只有《西遊記》帶給我們的印象是，歡笑的氣氛籠罩全書，最後的結局是功成圓滿，皆大歡喜的喜劇色彩。

《西遊記》確實是一本帶有趣味性的小說，即使不考慮到書中可能的宗教義理，也可以將之當成老少咸宜的作品，連兒童都可以感受到其敘事魅力。因此胡適曾如此說：「《西遊記》被這三四百年來的無數道士、和尚、秀才弄壞了。……不過因為這幾百年來讀《西遊記》的人都太聰明了，都不肯領略那極淺極明白的滑稽意味和玩世精神，都要妄想透過紙背去尋那『微言大義』，遂把一部《西遊記》罩上了儒、釋、道三教的袍子；因此，我不能不用我的笨眼光，……指出這部書起於民間的傳說和神話，並無『微言大義』可說；指出現在的《西遊記》小說的作者是一位『放浪詩酒，復善諧謔』的大文豪做的，我們看他的詩，曉得他確有『斬鬼』的清興，而決無『金丹』的道心；指出這部《西遊記》至多不過是一部很有趣味的滑稽小說，神話小說：他並沒有什麼微妙的意思，他至多不過有一點愛罵人的玩世主義。這點玩世主義也是很明白的；他並不隱藏，我們也不用深

---

① 本課程觀點除個人意見外，主要參考自劉勇強：《中國古代小說史敘論》（北京：北京大學出版社，2007年），〈《西遊記》：寓意與風格〉部分，惟內容經筆者內化，無從一一加注，特此說明。

求。」②

　　胡適關於《西遊記》作者的考證，是由天啟年間《淮安府志》中，得到嘉靖中歲貢生「吳承恩」著作目錄中有「西遊記」的訊息，再由其「諧謔」的詩歌風格導出結論：《西遊記》是不可能有深刻的宗教意涵的。

　　然而，這種說法多少有點先射箭再畫靶的成分，為什麼這麼說呢？首先，「西遊記」這個書名並不能代表就是「四大奇書」的《西遊記》，地方府志（不是可靠的正史）提到吳承恩的著作「西遊記」，僅僅只是一條毫無目錄及內容的文獻記載，甚至可能根本就是一篇散文。而且，「西遊記」從字面來看，僅僅是一個人或一行人由東往西的旅遊見聞罷了：花蓮、臺東的朋友到臺灣西部旅行，可以寫成「西遊記」；以此類推，臺灣人到中國大陸旅行，自然也能以「西遊記」為題名。胡適本人既欲糾正《長春真人西遊記》與小說《西遊記》是不同的作品，又何以輕易相信吳承恩的「西遊記」就是唐僧師徒的《西遊記》呢？

　　其次，用吳承恩的詩歌作品，用以反推小說的創作意識，這樣的思考方式也過於武斷。同一個作者，在不同文體本就有可能產生相異的風格，例如歐陽修詞頗有艷情之作，就與詩歌溫柔敦厚的調性不類，在文學史上是很出名的例子。③胡適不就《西遊記》本身的文字來談《西遊記》的創作意識，而以是不是作者都令人懷疑的吳承恩的詩作去討論《西遊記》，遂只能導入狹隘的閱讀理解，只看得到「極淺極明白的滑稽意味和玩世精神」而已。

---

② 胡適：〈西遊記考證〉，收入於氏著：《胡適文存》（臺北：源流出版事業股份有限公司，1986年），第2集第4卷，頁75-76。

③ 可見葉慶炳：《中國文學史》（臺北：臺灣學生書局，1997年），下冊，頁35。

關於《西遊記》的道教、儒家思想義理，我們會在後面課程介紹，同學也不妨自己判斷，小說究竟是不是如胡適所說的，並無「微言大義」可說。然而，需要釐清的是，當我們針對胡適的說法提出反駁時，並不是否認《西遊記》沒有「諧謔」的色調，恰恰相反，這個特色在字裡行間是很突出的，它也是小說帶給我們最直接的感受。

劉勇強將「諧謔」視為一種敘述態度，雖然看起來與胡適所提出的「玩世主義」雷同，但二者仍略有出入。「玩世主義」僅僅是一種旁觀的、不負責任的挖苦，但「諧謔」則是以「趣」為要旨，包括視戰鬥如等閒、對理想人物帶有積極向上的歌頌。《西遊記》的諧謔風格並不是橫空出世的，在這部作品誕生的明朝，也是笑話文學興盛的時代，最著名的便是馮夢龍（墨憨齋主人）所編纂的《笑府》，他在序中寫道：「古今世界一大笑府，我與若皆在其中，供人話柄。不話不成人；不笑不成話。不笑不話，不成世界。布袋和尚吾師乎？吾師乎？」人間的苦難太多，身陷其中，迷失希望的方向，不若笑傲紅塵，將古今世界視為一大笑府，吹散愁雲慘霧，以布袋和尚為宗師，能獲得生命的救贖——《西遊記》的精神正與《笑府》相貫串。④

另一方面，「好耍子」也是《西遊記》中讓人留下深刻印象的關鍵詞。⑤「耍子」是「嬉戲、玩耍」的意思，「好耍子」就是好好玩。第67回，孫悟空聽說駝羅莊有妖怪，興致勃勃，但聽說此怪上天下地，身形龐大（是頭大蛇），兩個師弟聽到風響就想躲入屋內，卻被大師兄一把抓住，豬八戒沒奈何，嚇得戰戰兢兢。忽然見半空中隱隱的兩盞燈來，我們的老豬才笑滿開懷：「好耍子！好耍子！原來是個有行止的妖精！該和他做朋友！」八戒本來緊張兮兮，一看到這妖怪「打一對燈籠引路」，認定是個知禮數的，一下子笑了出來，還覺

④ 以上可參見劉勇強：《中國古代小說史敘論》，頁279-280。
⑤ 參考自劉勇強：《中國古代小說史敘論》，頁279-280。

得是件好玩的事情。這就是《西遊記》與《三國演義》、《水滸傳》比較不同的地方，往往將劍拔弩張的戰鬥視為趣味性的遊戲，不只孫大聖樂在其中，連貪生怕死的豬八戒也偶爾苦中作樂——只不過當他聽到沙僧說那不是燈籠，是妖精的兩隻眼睛發亮，想到眼睛就這般大，不知一張口能吃下多少人，瞬間又唬矮了三寸，哀求欲上去討個口氣的大師兄：「哥哥，不要供出我們來。」

接續在我們課程選文後的第75回，孫悟空正面與獅駝嶺的老魔（原型是文殊菩薩座下青獅）交鋒，故意被他一口吞下，然後在肚中作怪，並表示外面秋氣甚涼，不如裡面溫暖，乾脆過完冬天再說。老魔聽了，就說自己一個冬天不吃飯，要餓死這個弼馬溫。孫悟空笑道，那也沒關係，我隨身攜帶一個折疊鍋兒，將這裡的肝、腸、肚、肺，慢慢煮來吃，還可以盤纏到清明節呢！二魔（原型是普賢菩薩座下白象）大驚失色，三魔（雲程萬里鵬）竟說吃了些雜碎倒罷，只是不知道在哪邊架鍋子？如果真燒起火來，煙霧燻到鼻孔，打噴嚏怎麼辦？孫悟空聽了也好笑，說：沒事！老孫用金箍棒往頭頂戳一個洞，當煙囪剛剛好。

上述的對話充滿了諧謔感，孫悟空講的東西，吃老魔的內臟、戳一個洞等，都是極其血腥的畫面，但是配合上三魔不是重點的緊張：在哪邊支鍋？打噴嚏麼？充滿了牛頭不對馬嘴的荒謬感，不只消解而且翻轉了原來的恐怖感，使這個對峙的場景充滿了黑色幽默（black comedy）。劉勇強的意見正可作為絕佳的註腳：「從小說的情節上看，《西遊記》特別善於將緊張的衝突轉化為喜劇性的場面，使讀者以輕鬆愉快的心情欣賞情節的跌宕起伏。」⑥因此我們說，《西遊記》貫串全書的且首先引起我們注意的，是其中諧謔、歡愉的氛圍。

---

⑥ 劉勇強：《中國古代小說史敘論》，頁281。

（二）諷刺揶揄則取當時世態

魯迅在介紹《西遊記》時，曾經說這部小說「諷刺揶揄則取當時世態」[⑦]；的確，《西遊記》除了建構一個迷人的神魔世界外，也並未遠離煙火世俗，書中所見許多盤根錯節的人際網絡，都讓我們感到無比熟悉，分明是以現實社會的黑暗為藍圖。在這層意義上，《西遊記》也能與《儒林外史》、《官場現形記》一樣，被視為一部「諷刺小說」或「譴責小說」。

我們將《西遊記》比作《官場現形記》，並不算離譜，小說中所寫的雖是吃人的怪物，但這些妖魔之所以橫行無阻，也是因為與天上的神仙往來無礙。例如本回太白金星化身的長者說：「那妖精一封書到靈山，五百阿羅都來迎接；一紙簡上天宮，十一大曜個個相欽。四海龍曾與他為友，八洞仙常與他作會。十地閻君以兄弟相稱，社令、城隍以賓朋相愛」，這豈不像極了人間官官相護、沆瀣一氣的權力結構？《西遊記》有太多重複的情節，都是孫悟空遇到神通廣大的妖怪，一籌莫展之下，向天庭求助，於是天上神佛特來襄助除妖，而這些跋扈的魔頭，要非神祇的座騎、腳力，就是虔誠的弟子。因為這層關係，束手就擒的動物們多能倖免於被孫大聖一棒打殺的命運——至於其餘草野煉化而成的妖魔就沒這般好運了。用通俗的話來說，就是「有關係就沒關係」，只要背後的靠山夠硬，哪怕是滔天大罪，都能大事化小，小事化無。

本回選文中出現的三魔「雲程萬里鵬」，大概是《西遊記》中後臺牌子最大的妖怪，因為他竟是如來佛的舅舅。乍看之下很奇怪，如來佛怎會有個「鳥」舅舅呢？原來第77回提到，天地初生之際，鳳凰育生孔雀、大鵬，孔雀兇惡吃人，把雪山修行的佛祖也吸下肚去，

[⑦] 魯迅：《中國小說史略》，頁190。

佛祖剖開其背脊而出，猶如重生；也因曾入孔雀肚腹，就像第二個媽媽一樣，遂留其於靈山會上，封之佛母孔雀大明王菩薩。孔雀既是佛母，其同胞兄弟大鵬與如來的關係，就像孫悟空說的：「如來，若這般比論，你還是妖精的外甥哩。」大鵬果然異常囂張，被如來佛收服後，還嚷嚷著不願往西方極樂世界：「你那裡持齋把素，極貧極苦；我這裡吃人肉，受用無窮；你若餓壞了我，你有罪愆。」如來佛安撫說佛教有四方眾生瞻仰，必有好料的祭大鵬之口，才讓他勉強皈依。這頭慣吃人肉的惡禽，並未得到什麼懲罰，唯一的懲罰可能是從此必須棄葷吃素吧？這真是教無辜葬身其腹的人們情何以堪！類似情節，想必也讓腐敗官僚體系下的受害者心有戚戚焉。

　　除了對於官場黑暗的投射，《西遊記》也嘲諷時人的劣根性，並用一些雙關語來進行譏刺。例如第93回，唐僧師徒來到布金禪寺，寺中僧眾聽說是東土來的取經人，擺上齋供。師父正開齋念偈，豬八戒已將饅頭、素食、粉湯一攪直下，沙和尚看大家都盯著二師兄，連忙捏了他一把，提醒道：「斯文！」八戒急喊：「『斯文！』『斯文！』肚裡空空！」老沙忍俊不住，笑說：「二哥，你不曉的。天下多少『斯文』，若論起肚子裡來，正替你我一般哩。」就在這個簡單的對話中，小說家對天底下讀書人斯文掃地、胸無點墨的虛偽提出尖銳的批評，鎔鑄嬉笑與怒罵，自然生趣。

　　有時像孫悟空這樣帶有主角光環的人物，也成為作者指桑罵槐的對象。如第42回行者求觀音菩薩幫忙降伏紅孩兒，菩薩雖有淨瓶甘露可滅三昧真火，可是孫悟空卻拿不動，待要派善財龍女同去，又恐老孫騙去龍女和寶瓶，於是要求他留下東西作當。孫悟空大歎可憐！菩薩如此多心，我自從皈依佛門後，一向不幹那事了（意思是以前確實愛騙人、偷東西），我能留下什麼當頭？衣服不值錢、棒子要護身，只有頭上的緊箍兒是金做的，不如菩薩唸個「鬆箍兒咒」，不然還有什麼物品可當？菩薩哪裡不知道孫悟空打的如意算盤，是想一兼二

顧，摸蜊仔兼洗褲，趁機擺脫讓人頭疼的緊箍兒，因此不要這金箍，只要他拔下腦後救命的一根毫毛。行者說，這也是您老人家給我的（事見第15回，一共有三根），拔下來就拆夥了，又不能救我的命。此時觀音菩薩開罵了：「你這猴子！你便一毛不拔，教我這善財也難捨。」

前文提到《西遊記》與明代笑話書關係密切，這「一毛不拔」的情節，就與《笑府》卷8〈刺俗部〉中的〈猴〉很像，大意是一隻猴子死後想轉世為人，閻羅王就說那要拔掉全身的毛才行，沒想到才拔第一根，猴子就痛得吱吱吱吱吱亂叫，閻羅王笑說你這樣一毛不拔，如何做人？姑且不論這個笑話好不好笑，但是其主旨大意確實和小說中的描寫很像，可見小說作者一方面挪用既有的素材，另一方面則巧妙地針對吝嗇的鐵公雞提出譏刺，使得《西遊記》貼近世態人情，縮小了與讀者之間的距離感，帶給人們歡笑的閱讀樂趣。

（三）神性的世俗化

魯迅談《西遊記》時，還說此書「亦每雜解頤之言，使神魔皆有人情，精魅亦通世故」[8]，這與我們前文提到的概念很像，儘管歷來視《西遊記》為「神魔小說」，但其實作者筆下的神魔並不會距離我們太遙遠，祂們並不高高在上，有時也會玩攪在一塊兒。第26回孫悟空欲救被他推倒的人參果樹，四處尋找仙方，首先來到福、祿、壽三星所居的蓬萊，三星雖然無方，卻願意上五莊觀拜見鎮元子，正遇頑皮的豬八戒。老豬先是在福星袖裡腰間亂翻，又回頭瞪著福星，最後拿著四個湯匙敲著小罄兒；原來第一個動作叫「番番（翻）是福」，第二個是「回頭望福」，最後是「四時（匙）吉慶（擊罄）」。在上

---

[8] 魯迅：《中國小說史略》，頁193。

述的例子當中，福、祿、壽三星任由豬八戒取笑，就像隔壁鄰居的老人家一樣，並不會讓人覺得威儀棣棣或飄忽不定，相當和藹可親。

此外，由於小說基本上演繹的是高僧求取真經的故事，從背景來說似乎傾於沙門，可是向來以道教解釋書中義理的聲量又遠高於佛教，使得《西遊記》到底「尊佛」或「崇道」的問題顯得耐人尋味。不過，也許撇開宗教哲理的高度，單純就作者「諧謔」的筆法來看，其人並未將任何宗派視為凜然難犯的至尊。要說《西遊記》「尊佛」，第16回「觀音院僧謀寶貝」情節，寫出了個貪圖玄奘袈裟的高壽老僧，底下弟子竟出謀放火燒死唐僧及悟空，莫不是緇流之敗類？又如果說《西遊記》「崇道」，第45回「三清觀大聖留名」孫悟空、豬八戒、沙悟淨三人扮成三清祖師，溺了尿充當「聖水」，騙車遲國三個「國師」妖道（虎力大仙、鹿力大仙及羊力大仙）喝下去，實在是極其醜化。所以說《西遊記》可以宣傳「也敬僧，也敬道，也養育人才」（第47回）的三教和諧，也可以隨時譏佛諷道，達到神性的消解與世俗化。

《西遊記》在寫神仙或妖怪時，常常把一般人的生活經驗投射在祂們身上，例如本回選文中，孫悟空變成的「小鑽風」（獅駝洞的小怪）為了恐嚇小妖們，說看到行者正在石崖上磨鐵棒，磨好後準備發市；其實孫悟空的如意金箍棒本是大禹治水的神兵，根本不需要打磨，可是小說作者卻把它寫得與尋常鐵棍無異，還要抽空保養。其他像是豬八戒的九齒釘鈀、沙悟淨的降妖寶杖，在第49回靈感大王（本相是觀音菩薩蓮花池中的金魚）眼中看來，倒像是種園的農具、磨博士的趕麵杖；而老豬也不甘示弱，直指靈感大王手上的九瓣銅鎚（未開的菡萏變成的）像是打銀扯爐的傢伙，這使得神魔之間驚天地、泣鬼神的大戰，一下子降格為農夫、麵點師和銀匠的紛爭。

不只嚴肅的打鬥被賦予世俗化的色彩，神怪的生活本身也往往與常人無異。例如本回孫悟空變成「總鑽風」，騙小鑽風及其他小妖

是大王派來的長官，而且第一件事是要討見面錢，還指定每人拿出五兩來——神仙、妖怪不是不食人間煙火的嗎？幹麼需要銀兩？太莫名其妙了吧？還要討什麼見面錢，這分明是凡塵的規矩。而且第77回孫悟空還說，當年當齊天大聖時，曾在北天門與護國天王猜枚耍子，贏了幾個瞌睡蟲，原來威風凜凜的大聖爺，平日就是與仙人們呼盧喝雉嗎？天上的神靈也玩這套？可見在《西遊記》的世界中，神無疑是帶有人性的，就像希臘諸神一樣，讀起來並不會覺得是沒有生命的泥塑。

《西遊記》對於神格的動搖，無疑在觀音菩薩身上表現得最為突出。觀音大士為佛教大神，在中國也倍受尊崇，不過在小說家筆下，這位莊嚴的女神因常常出馬協助孫悟空降妖伏魔，與之互動頻繁，也三不五時成為老孫調侃的對象。首先第35回孫行者用葫蘆收服金角大王，太上老君特來討寶貝，行者想責問老君縱放家屬之罪（金角原是老君煉丹的童子），沒想到金角、銀角竟是菩薩指派來考驗唐僧師徒是否真心往西天取經的。孫悟空一聽說如此，心想當初出五行山時，自己曾抱怨路途艱澀難行，菩薩還掛保證說有急難時可以相救，現在反而弄了個魔頭搗亂，口不對心，該她一世無夫。小說用「一世無夫」真是挖苦的意味十足，放到曠男怨女多，孩子生得少的現代，更是正中要害。觀音菩薩當然不用擔心壓垮人的高房價，但或許潛心修行的生活過於單調，讓她不知不覺變成「敗犬」（負け犬）或「剩女」，竟也要擔心嫁不出去的問題，還被不解風情的老孫奚落了一番。

其次，如前所述，第42回孫悟空因苦於紅孩兒的三昧真火，來到南海求救，並提到本來是派了豬八戒來請，途中卻被妖精變成菩薩的模樣，連八戒都被抓了要蒸來吃。觀音菩薩一聽，心中大怒：「那潑妖敢變我的模樣！」恨了一聲，將手中淨瓶往大海裡一擲，連天不怕，地不怕，大鬧天宮若等閒的孫悟空都不禁嚇得毛骨悚然，可知臺

灣有一句閩南語俗語說得好：「惹熊惹虎，毋通惹著刺查某」，意思是發怒的女人比熊狼虎豹都可怕多了！而紅孩兒竟敢變成觀音，這豈不就是女性最忌諱的「撞衫」嗎？《西遊記》中孫悟空會被嚇到的場景真的少見，更何況是被一般人心目中慈航普渡的女神驚嚇，可見當時菩薩的臉色一定很難看——不過要補充的是，觀音之所以將寶瓶摔入海中，不只是因為出於盛怒，她是要裝起汪洋大海，才能滅了三昧真火。

　　第三，觀音菩薩在什麼情況下會沒化妝？前文提到的靈感大王，其實是隻金魚，在南海觀音蓮花池中聽經聞法，修成手段；第49回寫孫悟空水性不好，降伏不了妖怪，向菩薩求救，卻見她在竹林之中赤腳素顏，忙著削篾編籃。就這樣未及穿好衣裳，便匆匆趕到通天河界，讓八戒、沙僧不禁大驚，好奇師兄性急，不知怎麼亂叫亂嚷：「把一個未梳妝的菩薩逼將來也」！原來觀音菩薩連化妝都來不及，就是要趕緊編成魚籃，好收服金魚精。

　　《西遊記》在寫這段故事時，運用的是民間「魚籃觀音」的素材，據說在唐代時，觀世音菩薩曾化身一美豔女子，在陝石金沙灘上提著竹籃販魚，吸引好多男性求為配偶。女子要求求偶者背誦佛經，最終通過考驗的是一個姓馬的年輕人。不幸的是，在過門當天，新娘馬上就死了，且立刻糜爛殆盡。後來人們開啓其墓穴一看，發現是黃金鎖子骨，才知道她卻是觀音示現來點化眾人的。這種破除色相、以淫止淫的激烈手法，是佛教「不淨觀」的展現，「魚籃觀音」（馬郎婦觀音）也成為眾人熟知的菩薩的形象之一[9]，例如日本大阪的四天王寺就有「魚籃觀音」的塑像（見下頁附圖，作者攝影）。

---

[9] 關於「魚籃觀音」的形象演變，可見胡萬川：〈延州婦人——鎖骨菩薩故事之研究〉，收於氏著：《真實與想像——神話傳說探微》（新竹：國立清華大學出版社，2004年），頁237-267。

　　不過，相較於民間傳說有點詭異的走向，小說中的「魚籃觀音」顯化就趣味多了，作者對於菩薩「未及梳妝」的描寫，開了一個無傷大雅的玩笑，也使得平時受到信徒頂禮膜拜的女神暫時走下神壇，變成我們身邊可親可愛的好朋友。《西遊記》寫觀音大士會發怒、會擔心嫁不出去，平日還需要梳妝打扮，充分體現了神性的世俗化。

（四）歡樂夥伴

　　在整部《西遊記》中，諧謔色彩最爲突出的，還是在唐三藏師徒身上。扣除掉個性相較耿直的沙僧及開口次數稀罕的龍馬，玄奘自私又懦弱，充滿了衝突性；孫悟空具有自我意識，是肯定型的喜劇人物；豬八戒則是不自覺的、否定型的喜劇人物[10]，各有千秋，躍然紙上。第97回五聖一行人被官府拿獲的情節，便扼要地勾勒了他們的臉譜：「唐三藏，戰戰兢兢，滴淚難言。豬八戒，絮絮叨叨，心中報怨。沙和尙，囊突突，意下躊躇。孫行者，笑嘻嘻，要施手段。」以下先由唐僧介紹起。

---

[10] 參考自劉勇強：《中國古代小說史敘論》，頁281。

唐僧雖然發下西天取經的宏願，但常常遇到困難就不知所措，本回聽到長者警告有妖魔吃人，撲的跌下馬來，掙挫不動，睡在草裡哼哩。這樣庸懦的「師父」，教誨三個神通廣大的「徒弟」，本身就充滿了不協調的詼諧感，而且不像一般給我們心如止水，氣定神閒的成熟印象，唐僧基本上也沒什麼擔當。第56回唐僧遇強盜窮徑，不僅推給孫悟空解決，且「那長老得了性命，跳上馬，顧不得行者，操著鞭，一直跑回舊路」。

　　這還不打緊，當孫悟空打死強盜後，唐僧念經超度，竟言：「你到森羅殿下興詞，倒樹尋根，他姓孫，我姓陳，各居異姓。冤有頭，債有主，切莫告我取經僧人。」三藏法師的爸爸是陳光蕊，他的俗家姓名是陳江流，因此說「他姓孫，我姓陳」。問題是這樣講沒問題嗎？如果是我們的上司或老師講這樣的話，一定很讓人心寒。不過，《西遊記》的主基調是喜劇，所以孫大聖並未因此感到委屈，反而自我解嘲，笑說：「師父，你老人家忒沒情義。為你取經，我費了多少慇懃勞苦，如今打死這兩個毛賊，你倒教他去告老孫。」如果看過周星馳的《西遊記大結局之仙履奇緣》（1995），一定對電影中唐僧「背黑鍋我來，送死你去」的唱詞（改編自〈*Only You (And You Alone)*〉，1955）有印象。後半句是符合原著了，赴湯蹈火的事情一概交給徒弟去做，但是小說中的玄奘其實連「背黑鍋」的肩膀都沒有，將責任撇得一乾二淨。

　　孫悟空無疑是《西遊記》最討人喜歡的角色，不管遇到什麼樣艱困的難題，也不管「豬隊友」如何在背後扯後腿，老孫總能以歡笑聲化解一切，展現出積極的戰鬥精神——這一點倒是與我們前面提到《三國演義》的曹操有點像。第32回孫悟空聽說平頂山樵夫（功曹所化）說妖怪要吃唐朝來的和尚，便說如果先吃頭還好，若先吃腳就難為了。樵夫問兩者有何不同，老孫回答，如果先吃頭，一口咬下已經死了，任妖怪煎炒熬煮，也不知疼痛；如果先吃腳，啃了孤拐、嚼了

腿亭，吃到腰截骨，那時還不死，豈不是零零碎碎受苦？樵夫又說，哪有這麼多工夫，只是放在蒸籠裡蒸來吃哩！孫悟空一聽就笑了，這樣更好，疼是不疼，只是受些悶氣。

在孫悟空言談之中，根本不知害怕是何物，他的無所畏懼，給我們一種正面的能量，他嘲笑壓力與困難，這種挑戰者的姿態是我們嚮往的，因此人人都喜歡孫悟空。相反地，二師兄遇到危急時，一貫的六神無主，驚慌失策，也不免讓人發噱。平頂山裡的妖怪正是金角、銀角，第35回已經被捕捉的豬八戒吊在梁上，聽到金角因銀角被吸入葫蘆而悲痛，也不干他的事，竟趁機要占便宜，叫金角節哀，不如刷淨鍋竈，辦些香蕈、蘑菇、茶芽、竹筍、豆腐、麵觔、木耳、蔬荣，讓我們師徒好好念個「受生經」。金角聞言大怒，交待拿下來蒸來吃，這時老豬終於有點怕了。此時有小妖說：「大王，豬八戒不好蒸。」八戒說：「阿彌陀佛！是哪位哥哥積陰德的？果是不好蒸。」看似化險為夷，但另外馬上一小妖提議剝了皮就好蒸，八戒慌了：「好蒸！好蒸！湯滾就爛！」同樣被威脅要蒸來吃，孫悟空和豬八戒的反應有著截然不同的對比。

豬八戒其實不弱，他前面雖然被大蛇的燈籠般的巨眼嚇壞，可是也主動助威孫悟空。與其說老豬真的戰力不堪，不如說他平常都在裝弱，沒這麼可怕的事情先自己嚇自己，或把責任推卸掉，死道友不死貧道。雖然我們不太會尊敬豬八戒這樣的行為，但是老實說他的確表現出人們的劣根性（而且真的很好笑），有時我們也像老豬這樣，希望事情別落在自己身上最好。無論唐玄奘、孫行者或豬八戒，一個團體中總有這樣歡樂的朋友，有時或許製造了麻煩，但他們往往為苦悶的生活增添了幾分趣味。

◎閱讀與思考：孫悟空或豬八戒，你比較喜歡哪一種喜劇人物？兩種人物在文學上有何不同的審美感受？

丹道寓言

（課前閱讀：第61回〈豬八戒助力敗魔王，孫行者三調芭蕉扇〉）[11]

（一）西遊「證道」書

胡適身爲中國文哲研究的泰斗，在學術史上具有崇高的地位，說話當然也極有分量；然而，他叫讀者不要去深求《西遊記》背後的「微言大義」，並沒有因此使得圍繞在小說的問題消失，恰恰相反，許多關於《西遊記》宗教義理的謎團接踵而來，比方說作者眞的是吳承恩嗎？爲什麼清代占上風的說法，是丘處機寫了《西遊記》？

熟悉金庸小說的人應該知道，丘處機是「全眞七子」之一。而在歷史上，丘處機曾大老遠從山東跑到大雪山（今阿富汗的興都庫什山，Hindu Kush），與成吉思汗完成會面。由於丘處機屬龍，成吉思汗屬馬，因此被稱爲「龍馬相會」，後來這段西行的經歷（約兩至三年）被寫成《長春眞人西遊記》。讀到這裡可能有點莫名其妙，這個「西遊記」與「四大奇書」的《西遊記》並不一樣啊！但是，許多人之所以相信小說《西遊記》是長春眞人的作品，原因就在於他是全眞教的祖師之一，而全眞教正是提倡內丹修煉的道教宗派。

一如我們前面介紹過的《水滸傳》，本來的書名是《忠義水滸傳》，且要理解書中影射的時代，「忠義」二字其實比「水滸」更重要；而《西遊記》也有另一個書名，就叫《西遊證道書》，「證道」二字在某種程度也比「西遊」還要關鍵。在《西遊記》的初始，美猴王有感於多去夏來，終有一死，於是向海外尋覓長生之祕方，參透

---

[11] 本課程觀點除個人意見外，主要參考自王崗：〈《西遊記》——一個完整的道教內丹修煉過程〉，《清華學報》新25卷第1期（1995年3月），頁51-86，惟內容經筆者內化，無從一一加注，特此說明。

啞謎的孫悟空，聽到仙師醒來開口的第一句話是：「難！難！難！道最玄，莫把金丹作等閒。」（第2回）這不只是說給悟空聽的，也在提醒讀者，切莫輕輕放過此書，尤其是其中蘊藏了金丹大道的祕訣⑫——《西遊記》就是這樣的「證道書」，王崗也說，《西遊記》是一個完整的道教內丹修鍊過程。

稍微要解釋的是，什麼是「內丹」。眾所皆知，道教追求的是不老不死，要達到這樣的目標，最開始時採取的方式是煉丹採藥。然而，丹藥的原料包含鉛、汞等有毒的金屬，唐朝（因國姓李，認本名李耳的老子為遠祖，因而尊崇道教）帝王多因此衰亡，這條「修仙」的道路也成了絕路。可是，丹鼎派並未因此放棄，相較於直接用丹爐來煉化金丹的「外丹」，道士們轉而將人的身體比擬為鼎爐，企圖把精、氣當作「藥物」，用「神」去燒煉，最終使精、氣、神凝結為「內丹」，以達到羽化登仙的境界。⑬

內丹的修鍊過程，即是經過「煉精化氣」、「煉氣化神」、「煉神還虛」三個階段的燒煉，最終「與道合真」，成為長生久視的大羅金仙。「煉精化氣」又稱為「小周天」，即是打通交會於百會（崑崙）、會陰（海底）的任督二脈。在武俠小說中，打通任督二脈的已是絕世高手，但是道教追求的不是超人的體術，而是與天地同壽，因此進一步要「煉氣化神」，即進入「大周天」；此時人的身體會出現許多異狀，包括六根震動、眼吐金光、神我出竅等。然後要使元神穩定，氣歸丹田，即「煉神還虛」，最終「與道合真」，由後天狀態返回先天狀態，所以是三返二、二返一、一返無。⑭

---

⑫ 參考自余國藩著，李奭學譯：〈宗教與中國文學——論西遊記的玄道〉，《中外文學》第15卷第6期（1986年11月），頁47。

⑬ 見王崗：〈《西遊記》——一個完整的道教內丹修鍊過程〉，頁53。

⑭ 詳見王崗：〈《西遊記》——一個完整的道教內丹修鍊過程〉，頁54、58-59、75。

因為道教相信，萬物的根本是無極而太極，太極生兩儀，兩儀生四象，四象生八卦，由簡單到複雜。所以修煉的目的反過來，由複雜到簡單，三返二、二返一、一返無，回到初始的狀態，也就是「歸返本源」，過程則要「調和五行」（這是內丹的原料及火候）。就小說中的人物來看，廖宣惠認為，豬八戒暗示的是最下層的慾望之「精」，孫悟空是活潑的「元氣」，雖然脫離形而下的身體卻不夠穩定，需要由唐僧代表的「元神」來制服[15]，即用緊箍咒以靜制動，所以師徒三人正好象徵了「煉精化氣」、「煉氣化神」、「煉神還虛」三個階段。

　　此外，中野美代子曾說：「欣賞《西遊記》的第一步就是首先把握其大概的故事情節，此時可以不去留意小說中隨處可見的詩句。可是，如果想深入欣賞，就必須注意這些詩句了。因為，較之故事情節，很多詩句道出了小說結構上的祕密」。[16]在本回所選的故事中，也出現很多詩句，這與上一堂課程大多由「諧謔對話」構成的選文不同，其中確實隱藏了很多「結構上的祕密」；比方說，本回回目是「豬八戒助力敗魔王」，這不免讓人好奇，豬八戒一向好吃懶做，憨憨笨笨，怎麼這一回如此威風，居然可以打敗連孫悟空都難壓制的牛魔王？可見小說除了故事表面的「顯話語」之外，尚有寓意深遠的「潛話語」，就像海上冰山一樣，海面下的區塊才更值得我們去注意。

[15] 詳見廖宣惠：〈身體內的遊歷 —— 內丹視域下的《西遊記》〉，《漢學研究》第32卷第1期（2014年3月）頁111-113、119。
[16] 中野美代子著，王秀義等譯：《《西遊記》的祕密（外二種）》（北京：中華書局，2002年），頁47。

（二）金公？木母？黃婆？

　　《西遊記》是內丹修煉的小說？這個說法會不會太離譜了？請先看以下的「小周天運行圖」[17]：

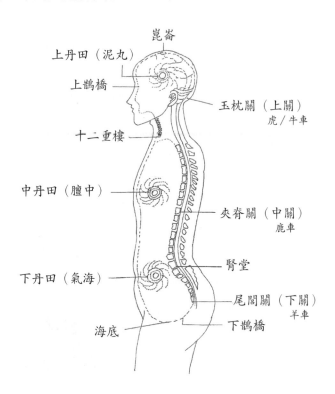

圖中可見，下鵲橋到上鵲橋之間有三座關卡，此時應該已經進入大周天「紫河車搬運」的階段，可是小說寫第44回，孫悟空駕著觔斗雲，俯瞰沙灘空地上，簇擁著一群和尚在拉車：「那車子裝的都是磚瓦、木植、土坯之類，灘頭上坡坂最高，又有一道夾脊小路，兩座大關；關下都是直立壁陡之崖，那車兒怎麼拽得上去？」廖宣惠解釋：這裡

---

⑰ 轉引自廖宣惠：〈身體內的遊歷——內丹視域下的《西遊記》〉，頁122。感謝國立政治大學中國文學系廖宣惠博士授權使用。

的和尚之所以拉得辛苦，是因為小周天的階段未畢，即進入大周天，前面的根基既未穩，後面的修行當然事倍功半，因此此地叫做「車遲國」。[18]

更引人注目的是，此回目名為「法身元運逢車力，心正妖邪度脊關」，「車力」、「脊關」，及內文的「車子」（車兒）、「夾脊小路，兩座大關」，都不是憑空捏造，而暗合內丹修煉術語——且此處作威作福，使喚僧侶們的的三個妖道：「虎力大仙」、「鹿力大仙」、「羊力大仙」，分明取自「虎車」、「鹿車」、「羊車」三關之名，否則為何不叫什麼「馬力大仙」或「狗力大仙」呢？

關於《西遊記》的祕密還不只如此，請再配合以下的「龍虎交媾圖」、「五行生剋圖」及表格來看：

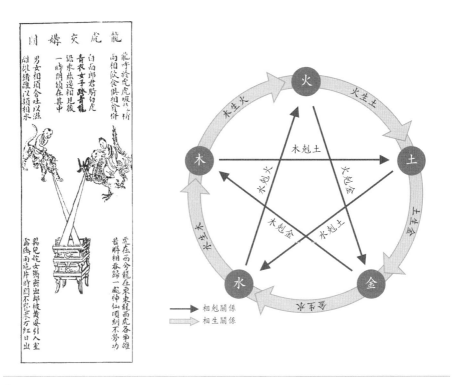

[18] 廖宣惠：〈身體內的遊歷——內丹視域下的《西遊記》〉，頁126。

五行	木	火	土	金	水
方位	東	南	中央	西	北
季節	春	夏		秋	冬
顏色	青	赤	黃	白	黑
五獸	青龍	朱雀	麒麟（黃龍）	白虎	玄武
五臟	肝	心	脾	肺	腎
生肖	虎、兔	蛇、馬	牛、龍、羊、狗	猴、雞	豬、鼠

如果大家有實際閱讀《西遊記》的經驗，相信第一次看小說回目時一定很困擾；與其他小說不同，如《三國演義》「趙雲截江奪阿斗，孫權遺書退老瞞」、《水滸傳》「插翅虎枷打白秀英，美髯公誤失小衙內」，一看便知該回故事中，趙雲、劉禪、孫權、曹操、雷橫、朱仝是主要角色，十分清楚，頂多在小名、字號、渾號上需要記憶和判斷。可是《西遊記》呢？第32回是「蓮花洞木母逢災」；第47回是「金木垂慈救小童」；第53回是「黃婆運水解邪胎」；第86回是「木母助威征怪物，金公施法滅妖邪」；第89回是「金木土計鬧豹頭山」，諸如此類的金公、木母、黃婆，或者金、木、土等，到底指的是誰啊？

在小說中，「金公」就是孫悟空，「金公」合起來是「鉛」字，代表的是「真鉛」。[19]其之所以姓「孫」，乃來自於他是猢猻，孫拆開為「子系」，正合嬰兒之本論（第1回），嬰兒是「龍虎交媾圖」中西方騎白虎的白面郎君，方位、五獸、顏色都帶有「金」相。又剋我者為父[20]，五行中火剋金（火可以鎔化金屬），所以孫悟空是「火中金」。如此一來孫悟空身兼五行中的「火」與「金」，也是煉丹的

---

⑲ 廖宣惠：〈身體內的遊歷——內丹視域下的《西遊記》〉，頁112。
⑳ 廖宣惠：〈身體內的遊歷——內丹視域下的《西遊記》〉，頁109。

火候（諧音火猴）[21]，又被稱為「心猿」，五臟中心屬火。所以火眼金睛、手持金箍棒、在五行山下吃鐵丸銅汁、踢倒丹爐成火焰山。又因身為火猴，不擅長水戰；金公有虎相，故身穿虎皮裙。內丹以「龍虎交媾」形容鉛汞結合，所以孫悟空曾大鬧龍宮及降伏龍馬。[22]與師弟豬八戒雖「水火不容」，但總能獲勝，因為他有七十二變（這點請考慮到老豬是「木母」才比較完整）。

豬八戒是「木母」，因生我者為母，五行中水生木（水能滋養植物），所以他是「水中木」，代表「真汞」，女性的特質，使之成為「龍虎交媾圖」中東方跨青龍的青衣女子。所以豬八戒的好色，一來帶有春天的活力（季節屬木）[23]，二來代表五臟中屬水的「腎」。他的水性高超（曾是天河的水軍元帥），其來有自，且在豬八戒入夥後，孫悟空基本上鮮少水戰——在此之前之所以須親自出馬，是因為「龍虎交媾」中「龍」（即木母）的缺席，必須由大聖支撐這個平衡的結構。然而，儘管天蓬與「火猴」的師兄不合，卻不能以水剋火，這是因為二人主要的屬性分屬「金」和「木」，金反而剋木（金屬可以切斷木頭），職此，相較於七十二地煞變的大師兄，老豬只有三十六天罡變。

至於存在感薄弱的沙悟淨則是「黃婆」，他不是鉛或汞，不參與丹藥的煉化，可是卻扮演催化劑的作用（像化學課提到的二氧化錳，MnO_2），一如撮合嬰兒和姹女的媒人婆。「龍虎交媾圖」有言：「嬰兒姹女齊齊出，卻被黃婆引入室」，經過交媾後所結的「聖胎」就是內丹。或者換另一個比方，他像是抓藥（鉛和汞）用的量器，這種量器就叫「刀圭」，「圭」字由二土構成，這正是老沙的五行屬

---

[21] 浦安迪著，沈亨壽譯：《明代小說四大奇書》，頁207。
[22] 可參考廖宣惠：〈身體內的遊歷——內丹視域下的《西遊記》〉，頁119。
[23] 浦安迪著，沈亨壽譯：《明代小說四大奇書》，頁194。

性。「土」在方位為中央，不會亂跑，所以孫悟空需要幫手時，第一時間總是叫豬八戒，留下沙僧保護師父。沙僧也是唐僧師徒中意志最堅定的人，常嘗試調解兩位師兄的糾紛；同時因居中守正，所以不會變化術。第22回老沙加入取經隊伍，有詩曰：「金來歸性還同類，木去求情共復淪。二土全功成寂寞，調和水火沒纖塵。」沙師弟雖然看似不起眼，其實也是五行生剋中重要的組成之一，並凝聚了五聖的取經隊伍。

這樣，我們重新來看《西遊記》的目錄時，總算有點眉目了；舉例來說，「金木垂慈救小童」，講的其實是孫悟空（金公）和豬八戒（木母）變成童男童女，試圖降伏靈感大王。不過，關於《西遊記》的五行問題，以及「索隱的有效性」，並不是因此就塵埃落定的，所以像李貴生便曾針對歷來五花八門的「五聖」與「五行」搭配的解讀提出辯難。㉔

確實，有的時候書中的五行不是由空、能、淨三師兄弟獨占，偶爾會產生為了配合情節而將某個屬性分給其他角色的狀況。舉例來說，第35回有詩曰：「蓋為取經僧，靈山參佛位，致令金火不相投，五行撥亂傷和氣」；如果老孫是「火中金」，詩中的「金火不相投」難道是孫悟空打孫悟空嗎？其實這裡的「火」還是火猴沒錯，但「金」的屬性卻暫時「借」給金角大王。我們說《西遊記》是「丹道寓言」，既然是寓言，且言之含蓄，就存在著各種解讀的可能性，要求一個貫徹全書的詮釋方法，有時就難免膠柱鼓瑟，也失去了腦力激盪的閱讀趣味。

㉔ 以上詳見李貴生：〈寓意的評量架構：以《西遊記》五聖解讀為中心〉，《淡江中文學報》第37期（2017年12月）頁63-100。

（三）豬八戒＞牛魔王＝孫悟空

「火焰山」的故事同樣具有內丹修煉的色彩，不過在看原文之前，先就兩個概念：「水火既濟」及「取坎塡離」提出解釋，請參照下圖：

倒顛離坎
坎
點化離宮腹內陰
離
取將坎位心中實
水火相濟

上面的卦象就是「既濟」卦，《易經》的卦象是由六個爻所構成的，「▬」爲陽爻，「▬▬」爲陰爻，要下往上看，分爲初爻、二爻、三爻、四爻、五爻和上爻。初、三、五爲陽位，理想的狀態下要放陽爻；二、四、上爲陰位，理想的狀態下要放陰爻。如此，六十四卦的排列組合中，只有一個卦的爻完全在適切的位置，這個卦就是由上卦的「坎卦」（☵，象水）和下卦的「離卦」（☲，象火）所構成的水火「既濟」卦（䷾）。不僅陰陽得位，而且水、火也在合乎其調性的位置，所謂「水潤下」（水往下流）、「火炎上」（火向上燒），是一個最好的卦象，象徵著內丹修煉過程中的五行調和，就是「眞鉛」、「眞汞」的劑量和火候配合得恰到好處的狀態。

聰明的讀者大概可以聯想到，「火焰山」暗示的正是「火」過旺導致丹藥焦爛的窘境，所以必須借芭蕉扇搧熄大火；但是另一方面來說，五行中「水」太盛也不行。第2回孫悟空學成仙術，回到花果

山，發現猴子猴孫被「混世魔王」欺負，大怒之下直奔妖穴踢館，小說分明寫的是「誠爲三界坎源山，滋養五行水臟洞」，加上「混」字藏「水」，混世魔王又配戴著「烏金盔」、「黑鐵甲」，正是五行之「水」。美猴王打敗混世魔王後：「隨即洞裡放起火來，把那水臟洞燒得枯乾」，這樣的描寫就是讓過於微弱的火候重新焚燒起來。

另外一個概念是「取坎填離」，前面已提到「坎」（☵）爲「水」，「離」（☲）爲「火」，此二卦如果互相交換中間的爻象，恰好會變成「坤卦」（☷）和「乾卦」（☰），此二卦象徵「先天之陰」和「先天之陽」，是萬物初始的狀態，所以「取坎填離」即「歸返本源」的意思，這是內丹修煉的終極目標。王崗曾說，第93回玉兔攝走天竺國公主，象徵純陰的坤卦☷被移走中爻而變成坎卦☵；又公主被投入一佛寺，代表單陰被嵌入群陽（僧眾），純陽的乾卦☰遂變成離卦☲。第95回假冒公主的玉兔被太陰星君收服，返回廣寒宮，眞公主也被領回家，代表坎☵、離☲交換之中爻各歸先天之位置，即是恢復乾☰、坤☷，這段描寫正象徵取坎填離，是以該回回目是「眞陰歸正會靈元」。㉕

岔出一提的是，前文雖然以「龍虎交媾」來表述「眞鉛」與「眞汞」的結合，但是只能作爲形容，事實上正統的丹鼎派是反對房中術的。所以《西遊記》中，雖然像第80回登場的老鼠精及第93回出現的玉兔，都曾化身成嬌娃尤物，想誘惑唐僧，取得元陽，以成大乙金仙，並被冠之內丹術語中的「姹女」，但最終都以失敗收場，即是對修煉房中術的警告。

認識了什麼是「水火既濟」和「取坎填離」，我們重新來看「豬八戒助力敗魔王」的故事，現在可以來解答前面提出的問題，爲什麼打敗牛魔王需要靠豬八戒的幫忙？在此不妨畫出一個算式：「豬八戒

㉕ 詳見王崗：〈《西遊記》——一個完整的道教內丹修煉過程〉，頁72-73。

＞牛魔王＝孫悟空」。先來解釋牛魔王爲什麼等於孫悟空。本回選文中，明確提到孫悟空自云：「自到西方無對頭，牛王本是心猿變。今番正好會源流，斷要相持借寶扇。」也就是牛魔王是孫悟空的變化相，兩人二而一，一而二。證據不只如此，《西遊記》中會七十二變的，除了孫悟空外，就只有二郎神及牛魔王，本回故事寫：「好魔王，他也有七十二變，武藝也與大聖一般」；土地神云：「那牛王神通不小，法力無邊，正是孫大聖的敵手」，大聖／魔王旗鼓相當。此外，當初孫悟空稱「齊天」大聖時，牛魔王正與之義結金蘭，也自稱「平天」大聖，「齊天」就是「平天」，「平天」就是「齊天」，顯示二人實爲一體兩面的化身──這當然是文學隱喻的寫法。

如此，從五行來看，二者有相生關係（呼應「牛王本是心猿變」），孫悟空是「金公」，牛魔王既是牛，生肖上歸類於「土」，土生金（土中蘊含礦物、金屬），可是金與土沒有相剋關係。所以兩人打到天荒地老也只是不分軒輊而已，必須有其他元素的角色介入，雙方才有可能決定勝負；而五行中木剋土（植物能穿透土壤），這個「木」就是被稱爲「木母」的豬八戒。一旦八戒加入後，牛王便屈居下風，但是，五行的平衡才是理想的狀態，木氣太旺也不行，必須由「金」來制衡「木」，這就是大師兄在這個結構中的位置。

這樣一來，小說中的詩歌就很清楚說明上項的事實了，像是：「禪性自來能戰煉，必當用土和元由。……鐵棒捲舒爲主仗，土神助力結丹頭」，這是說內丹修煉，「土」是重要的元素。又說：「捉牛耕地金錢長，喚豕歸爐木氣收」、「木生在亥配爲豬，牽轉牛兒歸土類。申下生金本是猴，無刑無剋多和氣」、「土兵爲證難分解，木土相煎上下隨」等，都說明了在這場戰鬥中，牛魔王代表的「土」過於強勢，要由「木母」的老豬來剋制他（「捉牛耕地」或「牽轉牛兒」），所以我們才會說「豬八戒＞牛魔王」。豬八戒雖然平時懶懶的、傻傻的，有事先跑再說，可是在面對連孫悟空都難以對付的牛魔

王，卻能夠大發神威，就是這個緣故。牛兒馴服以後，接著孫悟空代表之「火中金」再加入五行的圖式：喚豕歸爐，以達到「無刑無剋」的和諧狀態。

五行的調和，在內丹術語中經常以「水火既濟」來表述。在「火焰山」的故事當中，自然是以芭蕉扇象徵「水」，火焰山象徵「火」，所以豬八戒才說：「用芭蕉，為水意，焰火消除成既濟。」一旦功成圓滿後，火焰山不只平息火焰，且降下清涼甘霖。小說有詩曰：「火煎五漏丹難熟，火燎三關道不清。……牽牛歸佛休顛劣，水火相聯性自平。」回末更說：「坎離既濟真元合，水火均平大道成」，諸如此類，彰顯的都是同一道理：恰到好處的火候，才能順利地煉成金丹。

一旦「水火既濟」，即能歸返本源，本回故事雖未用「取坎填離」的術語，但仍暗示了類似的由後天狀態返回先天狀態的追求。包括前面提到老孫所說：「今番正好會源流」，豬八戒也補充：「晝夜休離苦盡功，功完趕赴『盂蘭會』」。「盂蘭會」乍看是佛家的概念，乃是於農曆七月十五日供養三寶佛像，以迴向七世父母（道教是稱為「中元普渡」）；但若從「反切」來說，「盂蘭」二字正好是「源」的音㉖，仍是「歸返本源」的暗示——職是，從以上各種的證據來看，還能說《西遊記》沒有「微言大義」可言嗎？

㉖ 參考自李安綱：〈論《西遊記》詩詞韻文的金丹學主旨〉，收於吳光正、鄭紅翠、胡元翎主編：《想像力的世界——二十世紀「道教與古代文學」論叢》（哈爾濱：黑龍江人民出版社，2006年），頁491。按：「反切」是古代標示注音的方法，由兩個字合成，取上字的聲母、下字的韻母及聲調來標示發音，以「盂蘭」為例，及ㄩ（yu）＋ㄢˊ（án）＝ㄩㄢˊ（yuán）的音。

（四）「西」天取「經」的故事

　　在認識《西遊記》的「丹道寓言」之後，很多問題都找得到解答的方向。舉例來說，《西遊記》為什麼必須是章回體？其他的「奇書」我們可以理解：《三國演義》講的是天下的分合、《水滸傳》談的是罡煞的聚散、《金瓶梅》演的是西門府的興衰，都是一條直線的時間歷程，因此可以用章回的形式去組織小說的結構，每一回都是一個時間的斷點，因此用章回體來書寫是很合理的。可是《西遊記》基本上是空間的遊歷，雖然也有時間性，但是事件基本上不斷重複，都是到了某個妖洞或險灘，遇到覬覦唐僧肉的怪物，孫悟空等人靠著自己或仙佛的援助擊敗怪物，繼續踏上旅程，是不是抽離了某個事件，也不妨礙小說的完整性？西天取經的歷程，是不是像浦安迪的提問：「為什麼那位騰雲駕霧的猴子不可以一個觔斗雲越過喜馬拉雅山去把那部渴望已久的真經取來，使他那位凡胎肉軀的師父也可免受更多的苦難？」[27]

　　可能的回答是，《西遊記》反映的是內丹修煉的過程，如前文我們提到的，這中間須經由「煉精化氣」、「煉氣化神」、「煉神還虛」三個步驟。內丹講究的是漸修，而非頓悟，所以不能繞過或省略其中一個山頭或城池，而小說中每一個劫難和所遭遇的妖邪也都是有意義的，不是可有可無的重複，更非作者的江郎才盡。因此本回豬八戒惱於芭蕉扇難得，曾提議：「且回去，轉路走他娘罷！」卻被土地神勸住：「但說轉路，就是入了傍門，不成個修行之類，古語云：『行不由徑』，豈可轉走？你那師父，在正路上坐著，眼巴巴只望你們成功哩！」就是這個意思。

　　浦安迪又說：「即西行的終極目標並不在於得到道路盡頭的可疑經卷，而在於漫漫長路本身。小說的最近評注者陳敦甫在其獨具慧

---

[27] 浦安迪著，沈亨壽譯：《明代小說四大奇書》，頁214-215。

眼的詮釋中把『經』這個字注釋為『徑』，就貼切地表達了這一觀點。」[28]換句話說，並不是取「經」，而是取「徑」，唐僧師徒在取經路上所留下的每一個足跡，都是在修行——按部就班的章回體，正是最適合闡述這一概念的體裁。

此外，為什麼是「西」遊記，而非「東」遊記、「北」遊記或「南」遊記？王崗曾引宋代張伯端《悟真篇》卷28：「釋氏教人修極樂，亦緣極樂是金方」，提醒我們五行中「西」屬「金」，西天取經其實是求取金丹大道。[29]這很奇怪嗎？別忘了道教早有類似的把戲，據說當年老聃騎青牛出函谷關，一直走到了印度，就變成了西天的釋迦牟尼（老子化胡）。有趣的是，孫悟空在皈依唐僧之前，師從菩提祖師，竟也是先道後佛，道在佛前。

這種手法就是所謂「入室操戈」，字面意思是進去別人家，用他們家的武器砍傷對方。要擊敗對手，最好的方式不是正面交鋒，而是寄生在對手裡面，就像漫威電影中，九頭蛇（Hydra）就是神盾局（S.H.I.E.L.D.），神盾局就是九頭蛇。《西遊記》既然是演繹高僧西天取經的經典，丹鼎派於是滲透其中，藉此轉化、收編其為一部「證道書」。當虔誠的信眾翻開小說時，赫然發現充斥全書的是內丹的術語，遂難免被潛移默化。佛教的故事其實不是佛教的故事，這才是《西遊記》的出奇之處，我們也不禁聯想起菩提祖師的那句箴言：「難！難！難！道最玄，莫把金丹作等閒。」

◎閱讀與思考：「牛王本是心猿變」，說明了牛魔王是孫悟空的變化相。在其他文本（電影、小說、動漫等）中，是否也有這樣一體兩面的人物呢？

---

[28] 浦安迪著，沈亨壽譯：《明代小說四大奇書》，頁223-224。
[29] 見王崗：〈《西遊記》——一個完整的道教內丹修煉過程〉，頁80。

放心哲學

（課前閱讀：第58回〈二心攪亂大乾坤，一體難修真寂滅〉）[30]

（一）學問之道無他，求其放心而已矣

有別於胡適對《西遊記》的理解，我們認為這部作品實際上擁有豐富的宗教、哲理意涵，前面課程已介紹了丹道的寓言，現在要來挖掘書中的儒家思想。儒、釋、道既是競爭關係，也有彼此融會的成分，《西遊記》亦被認為是容納了三家義理的載體。例如清代的劉一明（悟元子）〈《西遊原旨》序〉說：「悟之者，在儒即可成聖，在釋即可成佛，在道即可成仙」，這正說明了儒、釋、道的修行原則並非沒有交集的平行線；雖然三家對於修為的境界闡釋迥異，但都強調參透、醒覺的重要。

「悟」的達成，關鍵在心靈的通達。明人謝肇淛撰《五雜俎》，卷15提到：「《西遊記》曼衍虛誕，而其縱橫變化，以猿為心之神，以豬為意之馳，其始之放縱，上天下地，莫能禁制，而歸於緊箍一咒，能使心猿馴服，至死靡他，蓋亦求放心之喻，非浪作也。」他認為，孫悟空、豬八戒，象徵人的心意，所謂「形在江海之上，心存魏闕之下」，有時同學的身體在教室，神思卻不知漂流到球場、街巷、咖啡廳的哪一個角落，無魂有體親像稻草人，說的就是這樣的意思。至於禁錮猴兒的緊箍咒，就是使浮動的心安定下來，正符合「求放心」的喻言，非是遊戲之作（又一與胡適相左的意見）。

什麼叫做「求放心」呢？這個字詞的出處是《孟子·告子上》：

---

[30] 本課程觀點除個人意見外，主要參考自浦安迪著，沈亨壽譯：《明代小說四大奇書》，〈《西遊記》：「空」的超越〉部分，惟內容經筆者內化，無從一一加注，特此說明。

「仁，人心也；義，人路也。舍其路而弗由，放其心而不知求，哀哉！人有雞犬放，則知求之；有放心而不知求。學問之道無他，求其放心而已矣。」在具體解釋「求放心」以前，先岔出來談「仁」和「義」。我們在介紹《三國演義》、《水滸傳》時，已不只一次提到「義」的概念，那時候我們遇到一個難題：如果「義」代表的是「正當性」，何以李逵會以「義」的名義爲掩護，殺害無辜的小衙內，這樣還能算是做對的事情嗎？揭舉「義」的儒家，如何解決「此義」與「彼義」之間的衝突？其實，正如卜學亮唱的一首老歌〈子曰〉，裡面明確提到一句歌詞：「孔子的中心思想是個仁」，雖然是有點惡搞的RAP，但已經扼要地指出重點：「仁」在「義」先，有沒有達到「仁」的前提，才是判斷一件事是否符合「義」。

　　「仁」就是無私的大公心，孔子所謂「己欲立而立人，己欲達而達人」、「己所不欲，勿施於人」，就是如果自己覺得好的，請想到分享給別人；自己覺得不好的，更要記得千萬別施加在別人身上，有此自覺意識，便能判斷何爲「義」。[31]用現代的話來說，叫「同理心」，英文有類似的俗語是「in someone's shoes」，字面意思就是穿著某個人的鞋子，引申爲設身處地的概念。每年的4月15日，美國職棒不分膚色與種族的球員，會穿著第一位登上大聯盟的黑人球員Jackie Robinson的背號42號球衣（這天是他初登板的紀念日），就是一種「一視同仁」的展現，象徵著四海之類皆兄弟。[32]儒家的目標是由下而上，高位至君主都能夠秉持此衷曲，自然沒有等差之心，會消

---

[31] 詳參勞思光：《新編中國哲學史》，第3章〈孔孟與儒學（上）〉，頁119-120。

[32] 猶如電影《傳奇42號》（42，2013）中，Pee Wee Reese曾對Jackie Robinson（兩人爲道奇隊的隊友）所說的：「或許明天我們都會穿著42號，那樣他們就沒法區分我們。」

除歧異，善待百姓，達到天下爲公的政治理想。

　　所以「美髯公誤失小衙內」的故事中，要反駁李逵、吳用等人的「義」，最直接的方式是請他自己思考，如果同樣的情境發生在你身上，我爲了拉你上梁山，也殺了對你來說至關重要的親屬或小朋友，你也會覺得是義舉嗎？同樣的，關羽義釋曹操之所以爲「義」，是因爲如果換成是我們，也會爲了對恩人落井下石而感到良心的譴責，輾轉難眠。

　　孟子是把「仁」比喻爲房子，「義」則是我們所走的道路，仁心是一個人行事準則的出發點，恪守「仁」的原則，則能走在正確的路上，問心無愧，這就是「居仁由義」。可是，有時人們因爲利益的誘惑，違離了本心，也就走偏了道路，這時候就像關掉GPS一樣，不知開往哪一條羊腸小徑或死胡同。孟子進一步指出，捨棄了正途不走，失去的本心不知道找回來，是一件悲哀的事情；你家的小狗小雞不見了，都知道要趕快去找，怎麼就不知道要去找回你的本心呢？所謂的修爲沒有其他的捷徑，只是找回亡失的仁心罷了。

　　孔孟學說既然以「仁」爲本，強調的學問並非英文單字、三角函數、國學常識這些知識之學，而是心靈、道德的維持，而修行的目標並非「成長」，只是回歸初始的狀態（人性本善），修行的工夫也是內在的，不假外求，這就是「求放心」的意思。

　　《西遊記》的故事中，的確也蘊藏了「放心」的哲學，以本回所選的六耳獼猴的故事來說，眞假悟空的打鬥，被如來佛稱爲「二心競鬥而來」，該回回目也叫「二心攪亂大乾坤」。作者有詩曰：「人有二心生禍災，天涯海角致疑猜。欲思寶馬三公位，又憶金鑾一品臺」，解釋了人爲什麼會有「二心」（走出了歧路）呢？就是因爲我們的本心被利益牽著鼻子走：原本貧苦的時候，只要能當官就謝天謝地了；不好容易當了官，卻又嫌烏紗帽太小，想要換一頂更大的來戴。就這樣慾壑難塡，越走越偏，在宦海中迷航，忽略了當官只是要

滿足基本的生活，而且爲老百姓牟福利才是本旨，現在卻不斷沉淪，失去本我。

這僅是小說中關於心靈寓言的冰山一角，其他還有很多可以留意的地方。例如小說的初始，往往奠定全書的基調，而《西遊記》首回回目便是「靈根育孕源流出，心性修持大道生」，暗示了「心」即是修行的起點。此外，猴王爲求長生久視，打聽神仙的居所，樵夫告知菩提祖師在「靈臺方寸山，斜月三星洞」，靈臺與方寸都是「心」的意思，而歪斜的一彎月牙，再加上三顆星子的點綴，構成的是「心」的漢字圖像[33]，這些都是儒家心學在小說中所隱藏的符碼。

（二）心猿意馬

一如我們前面所介紹的「丹道寓言」，金公、木母、黃婆、嬰兒、姹女等等，在《西遊記》中常代指各個不同的小說人物，並且在回目就會展現端倪，小說家爲了展現儒家的心性之學，用了另外一組意象：「心猿」與「意馬」。「心猿」無疑就是孫悟空，配合「心」爲「火」的五行屬性，這個指涉更加明顯，第7回「五行山下定心猿」、第35回「心猿獲寶伏邪魔」、第56回「道迷放心猿」、第75回「心猿鑽透陰陽體」、第88回「心猿木土授門人」等等，這些回目中的「心猿」都是指老孫。

另一方面，儘管前文引謝肇淛之說：「以豬爲意之馳」，不過，更多的時候，小說出現的主要是馬的意象。這匹「意馬」就是龍王敖閏之子化身的白馬；第15回「鷹愁澗意馬收韁」，就是龍馬入夥的故事。「心猿」和「意馬」也有同時出現的，第30回「意馬憶心猿」，就是龍馬想到讓豬八戒去花果山請孫悟空回來解救師父的情節——在

---

[33] 參考自浦安迪著，沈亨壽譯：《明代小說四大奇書》，頁215。

此之前，唐僧因被八戒慫恿，驅逐了識破白骨夫人的行者，是小說第一次「放心猿」。

　　猴子跟馬都是活潑好動的動物，被中國人當作馳騁的心靈的象徵。在《西遊記》中，除了單純指孫悟空和白龍馬以外，有時也代指修行的要領或狀態。如第91回開篇詩曰：「修禪何處用工夫，馬劣猿顛速剪除」，便是以猿、馬為浮動的心緒。又第35回金角痛念因心有不足而私自下凡，作惡多端，得罪孫大聖，竟導致手下的傷亡慘重：「可恨猿乖馬劣頑，靈胎轉託降塵凡」，這裡的猿、馬是金爐童子因「放心」而失去本來面目的寫照。至於第98回的回目是「猿熟馬馴方脫殼」，頑劣的猿、馬（非是行者及小龍）都已經沉澱下來，暗示的是心性修持的圓滿。

　　既說到「心猿」與「意馬」，對於《西遊記》有一定閱讀經驗的讀者，應該會聯想到孫悟空曾擔任過「弼馬溫」的職務，那是在大鬧龍宮、冥府後，太白金星建議招安，玉帝遂封之「弼馬溫」。美猴王不諳世故，只要在天庭就高興，不知道「弼馬溫」只是極卑微的小官，每日殷勤養馬，養得肥滋滋、油亮亮的。一日，老孫宴飲之中，問起同僚來，我的官有幾品？同僚說，沒有品。猴王又問，沒有品，那一定是很大囉？中國官僚制度中，品級越大，數字越小，所以沒有品，聽起來感覺很大；但事實不然，只是因為「未入流」，所以連數字都沒有。猴王一聽，勃然大怒，自耳中掣出金箍棒，一路打回花果山，這是小說第4回「官封弼馬心何足」的故事。

　　說起來，「弼馬溫」到底是怎樣的職官？中野美代子曾提到，「弼馬溫」諧音是「避馬瘟」，推測與《抱朴子》中提到「獼猴之鬼疾人瘟」有關，是將猴子當成瘟神來敬畏。[34]但郭健認為，「弼」

---

[34] 中野美代子著、王秀文等譯：《《西遊記》的祕密（外二種）》，頁510-512。

為「閉」之諧音，「弼馬」即「閉住意馬」的意思，有「定心」的暗示。[35]《西遊記》在寫孫悟空被封「弼馬溫」，的確與其心懷不足連在一起提出批判，接下來寫猴王認為自己神通廣大，竟打著「齊天大聖」的大纛，向哪吒三太子說道：「你只看我旌旗上是甚麼字號，拜上玉帝：是這般官銜，再也不須動眾，我自皈依；若是不遂我心，定要打上靈霄寶殿。」為了讓悟空「遂心」，玉帝果然封他為「齊天大聖」。

表面看來，孫悟空似乎予取予求，天庭百般退讓。可是「齊天大聖」卻是個「有官無祿」的虛職，是個「官品極矣」的空殼名號，只是要「收他的邪心，使不生狂妄」。於是，為了讓他安心定志，不再胡為，不只起了一座大聖府邸，府內又設二司，分別是「安靜司」及「寧神司」，讓心猿歸順，勿要撒野。

然而，第4回後半段是「名注齊天意未寧」，意思是這只是暫時的風平浪靜。隨著蟠桃勝會的到來，孫悟空又偷吃蟠桃、仙酒、金丹，闖下大禍，索性大鬧天宮，十萬天兵天將近身不得。猴兒得意了，要將玉帝趕下龍椅，對佛祖說：「常言道：『皇帝輪流做，明年到我家。』只教他搬出去，將天宮讓與我，便罷了；若還不讓，定要攪攘，永不清平！」（第7回）

孫悟空是一個可愛的角色，因為他大鬧天宮、無法無天的行為，象徵了我們對於掙脫秩序束縛的願望：可以的話，每個長不大的孩子都想每天睡到自然醒、不用強制到學校、不用參加討人厭的考試，背著單字、公式、注釋、元素週期表……當然已經長大的孩子們，更幻想著某一天能夠爽中樂透，掙脫那朝九晚五的「社畜」生活——孫悟空就是我們無憂無慮的童年，他是永遠年輕的「囡仔仙」，是大家想回歸的「自由」。另一方面，中國大陸還有一種意見，是自馬列主義

---

⑤ 郭健：〈道教內丹學與《西遊記》作者研究〉，《求索》第6期（2006年），頁223-224。

的立場去推崇孫悟空——不外乎發揮了「反封建」的「鬥爭」精神云云。

　　儘管南轅北轍，但不管從兒童文學或政治詮釋的角度，我們看到的都是孫悟空的正面形象。這麼說的話，小說家在寫「大鬧天宮」情節時，必然是持肯定齊天大聖的態度吧？事實上不然，不可忘記《西遊記》創作的時代，正是中國帝制最為集權的明朝，作者雖然可能諷刺了黑暗的官場，卻不太可能推崇帶有革命色彩的「反封建」思潮。那麼，「大鬧天宮」的故事，在小說中又有什麼樣的意義呢？

　　這幾回對於孫悟空行為的描述，用了一個關鍵字：「欺心」，第7回回首詩云：「富貴功名，前緣分定，為人切莫欺心。正大光明，忠良善果彌深。些些狂妄天加譴，眼前不遇待時臨。問東君因甚，如今禍害相侵。只為心高圖罔極，不分上下亂規箴。」詩中意思很清楚，孫悟空之所以被鎮壓於五行山之下，是「心高圖罔極，不分上下亂規箴」：一開始只是天生石猴，習了長生不老術後，又大鬧龍宮、冥府；從地仙到天庭，不滿足於「弼馬溫」的職位，又自稱「齊天大聖」；被封為「齊天大聖」還不安分，又偷吃蟠桃、仙酒、金丹；大鬧天宮仍不滿，這次竟說要當玉皇大帝。這一連串貪心不足蛇吞象的妄求，連佛祖都看不下去，冷笑道：「你那廝乃是個猴子成精，焉敢欺心」。只可惜悟空不識天高地厚，連如來佛也不看在眼裡，最終被壓在五行山下，失去了五百年的自由。

　　李志宏曾以「失去樂園之後」，孫悟空終成「鬥戰勝佛」為主題，探討其中的「寓言」，並指出孫悟空之所以雙雙失去花果山樂園及仙境樂園，乃源於個人心性的迷失，此一敘事安排，反映了《西遊記》的「慾／禮（欲／理）之辯」。[36]可以說，孫悟空從一隻狂妄不

---

[36] 見李志宏：《「演義」——明代四大奇書敘事研究》（臺北：五南圖書出版股份有限公司，2019年），頁380。

曉世事的潑猴，到一步一腳印扶持唐僧完成西天取經之旅，一路上的降妖伏魔，其實是一連串內心的戰鬥，一旦戰勝了這些魔障、戰勝了迷失的本心，不僅被敕封為鬥戰勝佛，也脫去了束縛自由的緊箍咒，重返原屬於自己的樂園，此正是「求放心」之大義。

（三）定心猿

齊天大聖飛不出如來佛的手掌心，因此被五指化成的五行山鎮壓住，該回回目叫「五行山下定心猿」。其實，整部《西遊記》圍繞著孫悟空的，都是「定心」的寓意。例如孫悟空手執的金箍棒，本來是大禹治水所用的「天河定底神珍鐵」；又蒙靈吉菩薩所賜與的「定風丹」，噙在口中連芭蕉扇都搧不動；還有唐僧所唸的緊箍咒，正式名稱為「定心真言」等等，可知小說中所寄託的，正是「定心猿」，也就是安心定志的修養。[37]

孫悟空之所以大鬧天宮，源於個人心慾的過度膨脹，逾越了其應該恪守的職分，也嚐到了失去自由的苦頭，這對他來說，是一個很深切的教訓，所以真假悟空打上靈霄寶殿，自稱：「臣今皈命，秉教沙門，再不敢欺心誑上」，就表現出謙遜的態度。一個觔斗雲可以飛越十萬八千里的孫行者，心甘情願跟著唐僧跋山涉水，不畏艱辛，潛心向佛，是一種讓步，也是一種成長。《西遊記》同樣以寓言的方式表現出孫悟空的轉變，那就是浦安迪所提示的，大聖所擅長使用的降妖辦法，往往不是靠正面襲擊，而是內部進攻，他變成仙丹、酒沫、紅桃、熟瓜，誘使妖魔吃下肚去，在其腹中攪亂，使對手難以忍受而求饒。這樣，我們看到破除自我封閉的一種抽象形式：破除包容魔力的

㉗ 參考自浦安迪著，沈亨壽譯：《明代小說四大奇書》，頁228。

方法不是依靠自我擴張，反而是仰仗自我收縮。[38]從以上，我們看到解決問題的途徑，不在於外在的施壓，而是回歸個人的內心，用謙卑（縮小）的姿態去面對困難，如此才能迎刃而解。

《西遊記》以「潛話語」的方式，去說明修行沒有捷徑或特效藥，就是回到初衷，安定繁雜的心緒。小說寫孫悟空甫出五行山不久，就出現了六個土匪打劫，雖然是綠林篁徑的大王，但碰到了本領高強的行者，卻不是「強盜遇到賊爺爺」？孫悟空渾然不怕，還要六賊報上名來，於是他們就說了：「一個喚做眼看喜，一個喚做耳聽怒，一個喚做鼻嗅愛，一個喚作舌嘗思，一個喚作意見慾，一個喚作身本憂」（第14回）。

很顯然的，這幾個強盜的名字不符合世界上任何一個民族的命名邏輯，只是作者要表達佛教「六根」（眼、耳、鼻、舌、身、意）的概念。「六根」是我們與塵世接觸的六種感官，但一個人的主體性，也容易受其影響而動搖。比方說，看見好看的美女、聽見好聽的音樂、品嚐好吃的佳餚、駕著拉風的跑車，讓我們迷失了心智，耽溺其中，為了維持這樣舒適的生活，轉而追求不合義理的富貴，這就變成了物質的奴隸，沒有了自我的心靈。孟子也說了：「耳目之官不思，而蔽於物，物交物，則引之而已矣。心之官則思，思則得之，不思則不得也。」意思就是感官沒有判斷是非的能力，只是受外在事物的牽引，如此則受物的蒙蔽；我們的心則不同，會去思考什麼是對錯與善惡，而不只是沉浸於物質的享受。修為的大小境界（為大人或為小人），正是由「心之官」的維持去決定的，一旦內心有所動搖，就應該馬上回歸正軌，這就是「求放心」的意思。

回到文本，孫悟空聽到六賊自報家門，笑著提議不如把贓物分成七等分均分，他可以饒了賊人們一命。六賊一聽，反應很奇怪：

---

[38] 見浦安迪著，沈亨壽譯：《明代小說四大奇書》，頁225-226。

喜的喜，怒的怒，愛的愛，思的思，慾的慾，憂的憂，一齊亂嚷。
按理說，聽到悟空的挑釁，生氣是最合理的情緒表現（怒的怒），可
是怎麼會有人喜，有人愛呢？所以這也是一種隱喻，暗示我們浮動多
變、爲物所役的心靈。作爲踏上西天之旅的第一步，孫悟空一棒打殺
六賊，正象徵了剗除一切徬徨、游移、焦慮、躁動、不耐的不安定因
素，專心致志，六根清淨。是以該回的回目即是「心猿歸正，六賊無
踪」，恰好呼應第91回的回首詩：「喜怒憂思須掃淨，得玄得妙恰如
無」——這無疑也是「定心猿」的寓意闡述。

（四）靈山只在汝心頭

猶如談到《西遊記》「丹道寓言」時所提，修行的目的不在於
盡頭的可疑經卷，小說中關於儒家「修心」的哲學，同樣不把訴諸文
字的經卷視爲唯一的救贖。第85回唐僧見一座高山阻攔，心有不安，
行者提醒他，佛祖所在的靈山大雷音寺，看似山迢水遠，其實近在
咫尺：「靈山只在汝心頭」。唐玄奘有所感悟，同意說道：「千經萬
典，也只是修心。」能夠理解這一點，眞經的內容是有字也好，無字
也罷，其實都已經是其次了。這除了呼應孟子「學問之道無他，求
其放心而已矣」的籲求之外，也與陸九淵「學苟知本，六經皆我注
腳」的說法如出一轍。孔孟、陸王一系的心性之學，認爲修行的完成
不取決於外圍的事物，而在回歸內心的澄淨。他們所著重的是「心即
理」、「尊德性」，與朱子講究四書五經的「性即理」、「道問學」
有所出入。

在此意義之上，浦安迪告訴我們：「實際上，遠至天邊的艱難
跋涉並未走遠，最後只是回到了它出發的地方。換言之，故事最終重
新解釋了終成正果的意義，使『成果』這一比喻說法與『還本』一

詞有同一涵義。」㊴我們都知道，唐僧西天取經的起點是長安，但終點呢？或許有人會認為是天竺，但實際上他們一行人終究還是回到了長安，也就是起點與終點是同一個地方。不只如此，孫悟空等人本來就是懷著大小不一的罪愆而被謫降凡間，他們與《水滸傳》的好漢一樣，經過一個圓形的結構，仍然回到了他們的家園：天庭。這會讓人恍然大悟，原來我們會以為，要追求成「果」或結「果」，必須爬到樹的頂端去摘取──「果」這個字本來就是「木」再加上結實累累的果叢；但忽略了最精華、最甜美的，其實在樹的根「本」──「本」這個字則是在「木」的下端劃上一槓，象徵樹的根部，而這個根部就是內在於我們的「本」心。

　　如此一來，「心」不只是佛光普照之處，也可能因一念之差而淪為妖魔的淵藪。第13回三藏法師出發之前，眾僧擔憂一路之上挑戰不斷，有虎豹峻嶺、毒魔惡怪，他但以手指自心，說道：「心生；種種魔生；心滅，種種魔滅」。所以牛魔王的本事高強，敘述者說「牛王本是心猿變」；本回六耳獼猴與孫悟空面目無二，真假難辨，實為二心一體。唐僧師徒一路上所遇之怪物，都是內心的波瀾所生。第17回孫悟空為降伏黑罷精，央求觀音菩薩變成其好友凌虛子（本相是隻蒼狼），以賺熊怪。菩薩搖身一變，維妙維肖，讓行者不禁讚歎：「妙啊！妙啊！還是妖精菩薩，還是菩薩妖精？」菩薩笑道：「悟空，菩薩、妖精，總是一念；若論本來，皆屬無有。」不管是儒家心學或佛教頓悟，雖然都認為修行在於心念之中，可並非到達聖佛境界後便從此不會有變化，而是一念升降，隨時可能墮落，前功盡棄。

　　所以在金角、銀角大王的故事中，金角就曾感歎因一時的貪圖享受富貴，私自下凡，而導致仙境樂園的失落：「只因錯念離天闕，致使忘形落此山。……何時孽滿開愆鎖，返本還原上御關？」

㊴ 浦安迪著，沈亨壽譯：《明代小說四大奇書》，頁193。

（第35回）反過來說，儘管淪落爲妖，但是並非因此就不可救藥，金角仍期待有朝一日「返本還原」，就是回歸良善的初心（儒家所謂「善端」），以獲得重生的機會。這與內丹思想的「歸返本源」雷同，但支撐修爲的本體與方向卻不太一樣，道教是外求於宇宙創生的「道」，儒家則是內求於個人的心性。延伸來看，孫悟空、豬八戒等人在打敗妖王後，常毫不留情地掃蕩看似無害的小妖，也是有其寓意的，浦安迪提醒讀者，像這樣焚毀魔窟，把大小妖精斬盡殺絕的敘述，其意義通過「斬草除根」一詞在小說中的反覆出現得到充分啓示。[40]

畢竟，西天路途中許許多多眞假難辨的妖魔、窒礙難行的關卡，其實都是五聖隊伍的「心魔」。像是本回故事中與孫悟空二心一體的「六耳獼猴」，第62至63回的「九頭駙馬」（姑獲鳥），還有第72至73回七手八腳的七隻嬌艷欲滴的蜘蛛精，以及她們的師兄「百眼魔君」（蜈蚣精）等象徵多重邪惡性的怪物，其引人矚目的身體特徵並非只是獵奇的描寫而已，背後的意義在「李卓吾」評注中被明確地指了出來：「喻人之頭緒多也」。[41]

這個「多心」的概念，也在《西遊記》的主角群身上產生戲謔性的反諷。浦安迪又說：「我們早在第57和58回已看到了『二心』這一術語的富有寓意的用法。現在我們可以加上小說中常用『多心』這個白話裡帶有幽默口吻的術語來譏笑玄奘的複雜心情。另外，還可以從小說經常提及《般若波羅蜜多心經》的簡稱《多心經》（該名是梵文最後一個音節添在漢語名稱之前而成）上覺察出一絲玩笑的意味。」[42]《般若波羅蜜多心經》是第19回豬八戒入夥後，所遇烏巢禪

---

[40] 浦安迪著，沈亨壽譯：《明代小說四大奇書》，頁225。
[41] 參見浦安迪著，沈亨壽譯：《明代小說四大奇書》，頁218。
[42] 浦安迪著，沈亨壽譯：《明代小說四大奇書》，頁229-230。

師傳授唐僧之經文，但又被簡稱爲《多心經》，便帶有雙關語的意味，暗暗挖苦玄奘的意志不堅。我們的大唐聖僧雖然在出發之前喊出「心生；種種魔生；心滅，種種魔滅」的超脫之言，但是眞的踏上旅程，凡遇冷、熱、餓、累，便不免出口抱怨。這種落差感，也構成了小說諧謔的基調之一。

　　回到《西遊記》儒、釋、道冶爲一爐的宗教情懷，雖然三家看似在修行的境界各自有不同的追求，但其實仍有殊途同歸之處。佛、道的共融之處，已於「丹道寓言」中有所說明：「釋氏教人修極樂，亦緣極樂是金方」，西天取經即是求取金丹大道。至於佛教與儒家，特別是禪宗和心學，都強調不爲經典所束縛，回歸內心，即六祖慧能所謂「教外別傳，不立文字，直指人心，見性成佛」。職此，《西遊記》雖說是以高僧西天取經爲基調的作品，但實際上三教皆將其義理傾注於章節之中，就像是茫茫大海之中漂流的人家，一旦抓住了同一塊浮木，就形成了同舟共濟的命運複合體，也軿湊出中國古代小說中一部迷人的宗教經典。

◎閱讀與思考：西天取經的旅程，其實是從長安出發，再回到長安，起點與終點都是同一個地方。你認為這樣的解讀方式有什麼啓發？

《金瓶梅》

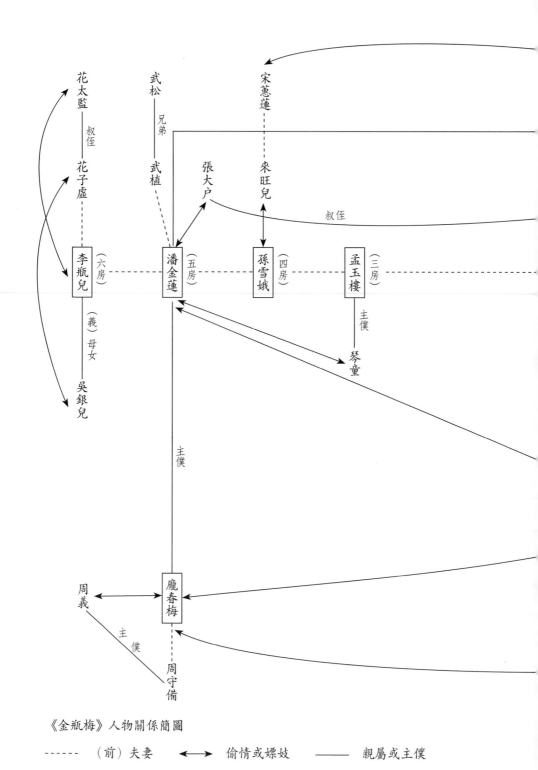

《金瓶梅》人物關係簡圖

------ （前）夫妻　　◄─► 偷情或嫖妓　　── 親屬或主僕

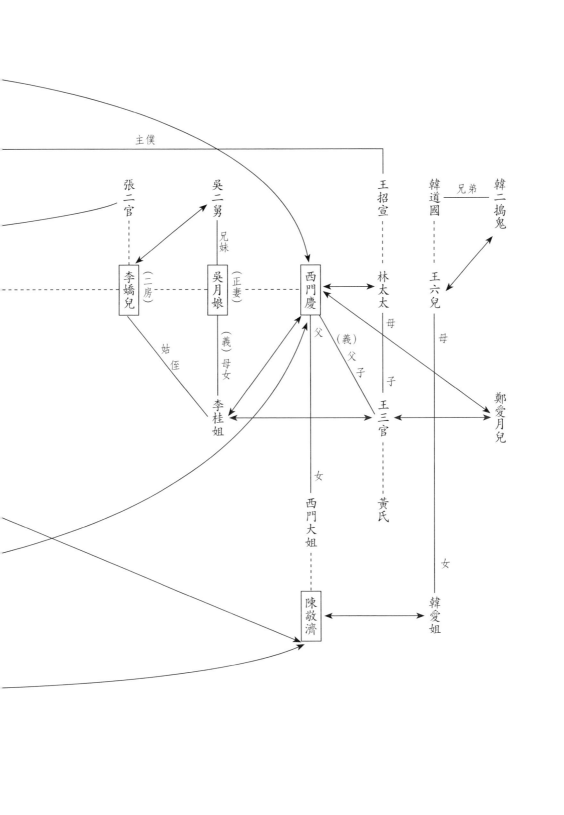

主僕

張二官

吳二舅

王招宣

韓道國 ── 兄弟 ── 韓二搗鬼

李嬌兒 （二房）

吳月娘 （正妻） 兄妹

西門慶 父

林太太 母

王六兒 母

（義）母女

（義）父子

李桂姐 姑侄

王三官 子

鄭愛月兒

西門大姐 女

黃氏

陳敬濟 女 韓愛姐

世情書寫

（課前閱讀：第26回〈來旺兒遞解徐州，宋蕙蓮含羞自縊〉）①

（一）虎中美女潘金蓮

　　「四大奇書」中的殿軍：《金瓶梅》，題名即是由三位重要的女性角色：潘金蓮、李瓶兒、龐春梅，各擷其芳名之一字所組成的，因此我們課程也按照這樣的順序，以金、瓶、梅三人爲經緯，帶領同學初步認識這部作品。首先以我們相較熟悉的潘金蓮爲主角，早在《水滸傳》中，她便已經登場，而由於「武松殺嫂」情節的膾炙人口，以這位妖嬈的婦人如願嫁入西門府的故事被獨立出來，擴充成100回篇幅的奇書，自然要爲其大書特書，寫出超越原作之丰采。

　　《金瓶梅》主要分爲兩大版本，分別是「詞話本」（萬曆本）和「繡像本」（崇禎本），一般來說，會認爲繡像本的藝術價值更高，且較有獨立性，不似詞話本與《水滸傳》藕斷絲連，是清代以降的主流版本。②在詞話本開篇曾說：「如今這一本書，乃虎中美女，後引出一個風情故事來。」繡像本刪去「虎中美女」四字，但此一意象依舊貫穿全書，是以本課程雖以繡像本爲主，仍然要注意到詞話本中對潘金蓮的這般形容。

　　何以稱之爲「虎中美女」？最基本的意象聯想告訴我們：老虎的毛皮非常美麗，可是牠的尖牙利爪卻讓人畏懼，這種威風凜凜的野獸

---

① 本課程觀點除個人意見外，主要參考自浦安迪著，沈亨壽譯：《明代小說四大奇書》，〈《金瓶梅》：修身養性的反面文章〉部分，惟內容經筆者內化，無從一一加注，特此說明。

② 可參考胡衍南：〈兩部《金瓶梅》——詞話本與繡像本對照研究〉，《中國學術年刊》第29期（2007年3月），頁115-144。

很美，可是美得很危險。潘金蓮也是，在《水滸傳》中就曾自稱「我是一個不帶頭巾男子漢，叮叮噹噹響的婆娘」（第24回）。這段話不光是被挪用到《金瓶梅》，而且成爲刻劃潘金蓮性格的主要依據。她在書中言語潑辣、手段兇殘，雖然身爲弱女子，氣力不比大丈夫，但絕對不是吃素的。

　　或許潘金蓮確實是個惡女吧，但其之所以如此，還是因爲她的條件不如人使然。西門慶共六房妻妾（不含故事開始前已過世的陳氏及卓丟兒），順位分別是吳月娘、李嬌兒、孟玉樓、孫雪娥、潘金蓮及李瓶兒。李嬌兒出身娼家，孫雪娥原是陪嫁丫鬟，潘金蓮都不放在眼裡。但論出身，吳月娘是大家閨秀，明媒正娶的大娘子，潘金蓮不僅順位低，又只是裁縫的女兒，且由於是與西門慶不倫在先，爲求低調，沒有大吹大擂，偷偷地用一頂小轎子擡進家中，還被安置在花園旮旯。如此，與其說是娶老婆，毋寧更像是娶情婦——岔出來一提的是，也曾與西門慶偷情在先的李瓶兒，房間就在她隔壁。

　　再論財富，潘金蓮從小因家貧被賣去當使女，對比布商寡婦的孟玉樓，以及承繼花太監宮中財富的李瓶兒[3]，也只能望洋興歎。最後說子嗣，所謂「母憑子貴」，更是潘金蓮的痛處，她因爲李瓶兒、吳月娘先後懷有官哥兒及孝哥兒，被愛屋及烏的西門慶拋諸腦後。

　　要在競爭的劣勢中脫穎而出，潘金蓮唯一能夠掌握的是「情報」。她可以爲了籠絡西門慶而放任甚至協助丈夫的漁色，但要求他和盤托出，好掌握情敵的一舉一動，並且時常偷窺／偷聽，在風向不

---

[3] 小說寫孟玉樓：「手裡有一分好錢。南京拔步床也有兩張。四季衣服，插不下手去，也有四五隻廂子。金鐲銀釧不消說，手裡現銀子也有上千兩。好三梭布也有三二百筒。」（第7回）至於李瓶兒，作者提到她的財產，包括「一百顆西洋大珠，二兩重一對鴉青寶石」（第10回）、「六十錠大元寶，共計三千兩」（第14回）、「三四十斤沉香、二百斤白蠟、兩罐子水銀、八十斤胡椒（共賣了三百八十兩銀子）」（第16回）等。

利於自己的時候果斷出手——她真的就像一頭蟄伏林間的老虎，隨時準備撕裂獵物的咽喉。

潘金蓮「虎中美女」的稱號不只是一種形容，在小說中，她的確以各式各樣的符碼被寫成母老虎。浦安迪告訴我們：「西門慶本來屬『龍』，這暗示他是自己封閉的小天地裡一位微型的『皇帝』。金蓮雖說屬龍，但她名字中的『金』『蓮』兩字會使人聯想到『肅殺秋氣』的虎象，這又與不祥之貓的意象前後呼應，而且也切合傳統象徵，使人強烈地意識到她正與西門慶這條龍緊緊擁抱，拼死搏鬥，都欲置對方於死地而後已。」④

潘金蓮的生肖是龍，西門慶則屬虎，可是實際上就象徵意涵來說，二者恰好對調。潘金蓮的「金」字，從五行來說是秋天、白虎，正是肅殺之虎；她與西門慶之間近於彼此纏鬥與征服的性愛，則是「龍爭虎鬥」，最後這條精疲力盡的龍果然死於虎中美女的裙下。浦安迪還提到，潘金蓮喜歡在性交時騎在對手身上，當第79回她仍以此姿勢跨騎在西門慶癱瘓的肢體上，令人想到《仙后》（*The Faerie Queene*，1590）的女吸血鬼亞克雷夏（Acrasia），而這占據支配位置的騎乘式，正是她在開頭斷送武植性命的姿勢。⑤

另一方面，獅子、老虎都是貓科動物，小說中凡是寫到獅子街總伴隨著不祥之事（包括第9回武松殺死李外傳、第14回李瓶兒氣死花子虛等），而潘金蓮也養了一隻叫「雪獅子」的貓咪，並在第59回用牠來嚇死官哥兒——這頭張牙舞爪的小獅子，就是潘金蓮之化身，代替主人發出致命一擊。

此外，潘金蓮的膚色也是作者刻意的安排。與一般人想像不同，

---

④ 浦安迪著，沈亨壽譯：《明代小說四大奇書》，頁107。
⑤ 浦安迪著，沈亨壽譯：《明代小說四大奇書》，頁124。Acrasia或譯作雅葵莎、亞柯蘿西亞等。

《金瓶梅》中的大美女潘金蓮並沒有白皙的皮膚，反而顯得有點黝黑；像是第29回「潘金蓮蘭湯邀午戰」就寫其嫉妒西門慶誇獎李瓶兒白淨，用了茉莉花蕊兒攪酥油定粉，將身上搽得白膩光滑，勾起丈夫的慾心，兩人鏖戰一番（果是「龍爭虎鬥」）。浦安迪提醒說，這種黑色的臉譜可以讓我們聯想到另外兩部奇書中的莽漢：李逵與張飛。配合前面提到所謂「不帶頭巾男子漢」，除了表現出粗野豪放的好漢姿態外⑥，更耐人尋味的是前面課程曾提到，李逵實是趙元帥座下之黑虎。如此一來，這個「虎中美女」的暗示，就可以與一連串虎之意象形成一條鎖鏈。

最後一個證據回到潘金蓮情竇初開的心上人身上。《金瓶梅》中的潘金蓮看似與《水滸傳》的命運不同，僥倖躲過武松的復仇之刃，嫁入西門府，但無奈繞了一大圈，人生的終局還是葬送武松手裡。潘金蓮面對西門慶的花心，並不甘於寂寞，也與丈夫的女婿陳敬濟（詞話本作陳經濟）暗渡陳倉，這種亂倫情事自然是一椿醜聞，於是第86回潘金蓮被打發出門，回到當初牽起她與西門慶姻緣線的王婆家中。王婆要為潘金蓮找一個新的婆家，開價一百兩，雖然陸續有買家上門，但在陰錯陽差之下，由武松捷足先登。

與《水滸傳》不同，《金瓶梅》第87回寫武松被刺配後，遇到冊立東宮，大赦天下，於是回到家鄉，知道報仇的時機來臨，以照顧哥哥遺孤（武植與前妻所生的迎兒）為由，說要迎娶嫂嫂。狡猾一世的潘金蓮被愛情蒙蔽了，竟不疑有他，心想：「我這段姻緣，還落在他手裡」，就這樣鳳冠霞帔，以為迎接她的是溫馨的洞房花燭夜，殊不知武松早已備好刀子。以下的發展就與《水滸傳》一樣了，不過值得注意的是，張竹坡在武松踢嫂嫂肋肢及用腳踏住她胳膊的文字下，連用了兩次「直對打虎」，告訴我們這樣制服悍婦的場景，竟與打虎的

---

⑥ 參見浦安迪著，沈亨壽譯：《明代小說四大奇書》，頁89-90。

姿態如出一轍。從「武松打虎」到「武松殺嫂」，潘金蓮這位「虎中美女」的香消玉殞，終究逃不出打虎英雄的刀下。

（二）宋蕙蓮之死：一山難容二虎

　　現在來談本課程所選篇章中，回目提到的宋蕙蓮。宋蕙蓮其實本來叫「宋金蓮」，是僕人來旺兒的媳婦：「那來旺兒，因他媳婦癆病死了，月娘新又與他娶了一房媳婦，乃是賣棺材宋仁的女兒，也名喚金蓮。當先賣在蔡通判家房裡使喚，後因壞了事出來，嫁與廚役蔣聰爲妻。這蔣聰常在西門慶家答應，來旺兒早晚到蔣聰家叫他去，看見這個老婆，兩個吃酒刮言，就把這個老婆刮上了。……月娘因他叫金蓮，不好稱呼，遂改名蕙蓮。這個婦人小金蓮兩歲，今年二十四歲，生的白淨，身子兒不肥不瘦，模樣兒不短不長，比金蓮腳還小些兒。性明敏，善機變，會妝飾，就是嘲漢子的班頭，壞家風的領袖。」（第22回）從她低微的出身，以及因「壞了事」而被趕出來，再加上與人外遇後又嫁給外遇對象，還有一雙「三寸金蓮」、風情萬種的各種描寫，宋蕙蓮實爲潘金蓮的「排比人物」。

　　宋蕙蓮很快地與西門慶打得火熱，這一切當然是不能公開的，畢竟二人是主雇關係，算是不倫戀的一種。可是宋蕙蓮卻開始自以爲飛上枝頭變鳳凰，西門慶也將她調離大竈，從此不管那辛苦又低微的庖廚事，整日對家中奴僕吆三喝四，自己則在一旁嗑瓜子。潘金蓮看在眼裡，敏銳的她雖知道兩人的苟且之事，但爲了攏絡丈夫的歡喜，是可以爲其遮掩，只是潘金蓮必須搞清楚一件事：宋蕙蓮有沒有挑戰老娘的膽量？

　　前面說過了，潘金蓮手中的籌碼不太多，所以能拉幫結派也不失一個好策略，像是房中的龐春梅，美貌又伶俐的丫鬟，讓西門慶垂涎不已。潘金蓮很樂意把她獻出去，而且龐春梅也對自己忠心不二，從

未有過跟家中妻妾平起平坐的妄想，所以潘金蓮不僅不把她當威脅，反而視之爲心腹。偏偏宋蕙蓮跟龐春梅不同，她幻想著自己是西門慶的「第七房」：第23回小說就寫宋蕙蓮看著女主人們擲骰兒，卻在那插嘴，不知情的孟玉樓訓了她一頓，讓她尷尬極了，「羞的站又站不住，立又立不住，緋紅了面皮，往下去了」。

潘金蓮不是沒給過宋蕙蓮測試和輸誠的機會。第23回先是指定她燒豬頭，這看來沒什麼，但剛提到西門慶已將之調離大竈的苦差事，所以最初宋蕙蓮是抗拒的；還是其他丫鬟勸她掂量一下五娘的厲害，宋蕙蓮才恭恭敬敬地燒了個香噴噴的豬頭大餐。無奈，宋蕙蓮還是讓潘金蓮抓到「欺心」的證據。同回中，潘金蓮竊聽西門慶與宋蕙蓮的雲雨，不想竟被調侃是「意中人兒，露水夫妻」，就是沒有父母之命、媒妁之言的野東西。潘金蓮一聽勃然大怒，但怕闖了進去會惹火西門慶，遂留下一根銀簪兒當作警告。

宋蕙蓮看到後很慌張，大清早來潘金蓮房間，卻被酸了一頓：「你去扶侍你爹，爹也得你恁個人兒扶侍他，才可他的心。俺們都是露水夫妻，再醮貨兒。只嫂子是正名正頂轎子娶將來的，是他的正頭老婆，秋胡戲。」（第23回）宋蕙蓮的親事是吳月娘主持的，確實是光明正大嫁入西門府，但又不是嫁給西門慶。潘金蓮故意這樣講，說她「正名正頂」、「正頭老婆」，是明褒暗貶，並宣示主權。宋蕙蓮嚇得膝蓋一軟，跪地求饒——看來宋蕙蓮節節敗退，應該再也不敢調皮了。

可是，《金瓶梅》峰迴路轉的地方就在這裡：宋蕙蓮無意中發現，潘金蓮竟與西門慶的女婿陳敬濟打得火熱，這讓她較勁的心態油然而生。侯文詠說得不錯，宋蕙蓮在潘金蓮面前吃虧的地方，就在於她與西門慶的關係不能公開；同樣地，潘金蓮與陳敬濟的醜事，也上不了檯面。如果大家都是在「底層世界」交手，並且由宋蕙蓮擄獲

陳敬濟的心，就能證明她的魅力勝過潘金蓮。[7]雖然侯文詠以「小白兔」形容宋蕙蓮，但從她的熊心豹膽來看，再加上書中「虎中美女」的隱喻，兩個「金蓮」之間的關係更像是一山難容二虎。

時機很快來臨，書中的第二次元宵節（《金瓶梅》共以四次元宵節為小說之經緯），宋蕙蓮打扮得粉妝玉琢，不斷勾搭著陳敬濟，一邊走，一邊吊鞋。孟玉樓看不過去，問她為什麼鞋子穿不牢？丫鬟玉簫解釋：宋蕙蓮在自己的鞋子外，又套著潘金蓮的紅鞋。宋蕙蓮摑起裙子，孟玉樓一看果然如此，就不言語了。孟玉樓是書中溫婉、老成的人物，她不說話的意思是：看來有人要倒大楣了。

原來古代婦女纏足，那時男人的審美觀點是腳越小的女人越性感，潘金蓮以「金蓮」為名，最自傲的就是那一雙「三寸金蓮」。前面也提到，宋蕙蓮本來也叫「金蓮」，代表這也是她行走江湖的最大本錢。而宋蕙蓮套著潘金蓮的鞋兒，還一直穿不牢，就是在糗她的情敵：妳的腳太大了。換成今天的情形來說，就像一個女人穿著另一個女人的胸罩，喊著：「哎呀！好緊啊！」就是嘲諷說妳的胸部實在太小了。

正如侯文詠說的：「在走百媚的這個晚上，宋蕙蓮在陳敬濟的面前痛宰了潘金蓮，算是扯平了『豬頭』和『竊聽』事件的恩怨。但也在同樣的晚上，確立了潘金蓮對宋蕙蓮趕盡殺絕的態度。內心得意洋洋的宋蕙蓮或許以為在那個祕密的底層世界裡所做的事情，潘金蓮是不可能有機會在表象世界裡對她報復的。但宋蕙蓮實在太低估人性邪惡的程度，以及痛宰潘金蓮所必須付出的代價了。」[8]

潘金蓮如何出手，才能一槍斃命呢？原來宋蕙蓮雖然與潘金蓮、

---

[7] 侯文詠：《沒有神的所在——私房閱讀《金瓶梅》》（臺北：皇冠文化出版有限公司，2009年），頁179。

[8] 侯文詠：《沒有神的所在——私房閱讀《金瓶梅》》，頁183。

李瓶兒一樣，都與西門慶發生外遇，可是金、瓶二人對自己的丈夫都沒有一絲情義，毫不猶豫地鴆殺、氣死武植和花子虛。但宋蕙蓮不同，她雖然肉體出軌了，對丈夫來旺兒的性命還是很在乎的：來旺兒就是她的軟肋。於是事情發展到了本課程所選的回目情節：本來被交辦出差的來旺兒返家，西門慶為了趕走絆腳石，聽從潘金蓮的計謀，栽贓來旺兒想謀財害命，將之押入官府，準備問個死罪。宋蕙蓮為了救來旺兒，百般獻媚，甚至說到願意與他恩斷義絕，長久服侍西門慶，替來旺兒另尋一個老婆便罷了。

西門慶耳根子軟，本想饒過來旺兒，但潘金蓮卻跳出來阻止，說就算真的把宋蕙蓮扶正、來旺兒另娶妻子，那麼倘若兩人日後碰面了，到底算是什麼關係？宋蕙蓮見了來旺兒，站起來是，不站起來是？點出這層尷尬後，又「好心地」幫西門慶出了一個主意：「你既要幹這營生，不如一狠二狠，把奴才結果了，你就摟著他老婆也放心。」（第26回）反正這種事你西門大官人不是沒幹過啊！武大郎、花子虛是怎麼死的？我和李瓶兒是怎麼入你家門的？一席話說得西門慶醍醐灌頂，好險官府的孔目知是刻意陷害，只將來旺兒遞解徐州——但終究把他跟宋蕙蓮拆散了。

被蒙在鼓裡的宋蕙蓮知道後，傷心欲絕，本來想自盡，卻被救了下來。吳月娘不知原委，問她有什麼委屈？宋蕙蓮總不能說因為我跟妳老公有一腿，才鬧得滿城風雨吧？於是有苦難言，只能拍手哭個不停。事情到了此田地，西門慶的安慰已無濟於事，宋蕙蓮每日魂不守舍，但到底苟延殘喘。潘金蓮決定再給她致命一擊。她知道來旺兒與孫雪娥其實也有私情，故意兩面挑唆二人，使雙方彼此懷恨。一日，兩人發生口角，孫雪娥大罵宋蕙蓮是「養漢淫婦」，宋蕙蓮不甘示弱，罵了回去：「我是奴才淫婦，你是奴才小婦，我養漢養主子，強如你養奴才！你倒背地偷我的漢子，你還來倒自家掀騰？」（第26回）

這一鬧，鬧到全家人都知道了，連前面和藹慈祥的吳月娘也不站在宋蕙蓮這一邊了。孤立無援的宋蕙蓮，這次鐵了心要走絕路，遂尋了兩條腳帶，拴在門楹之上，自縊身死，那時不過是廿五歲——一座山頭只能容得下一頭老虎，兩虎相爭，終究由「虎中美女」潘金蓮占了上風。

（三）私通、亂倫、收賄、盜財

就小說的布局來說，宋蕙蓮的故事是發生在第22回到第26回，就一本百回篇章的奇書來說，這樣的戲分實在不算太多。不過，這5回的故事，恰好安插在李瓶兒進門之後至李瓶兒透露懷孕消息，很明顯地這是一道開胃菜，主菜則是潘金蓮與李瓶兒的正面交鋒。宋蕙蓮之死，其實是李瓶兒的前車之鑑，因此張竹坡在〈批評第一奇書《金瓶梅》讀法〉這樣說道：「書內必寫蕙蓮，所以深潘金蓮之惡於無盡也；所以爲後文妒瓶兒時，小試行道之端也。……卒之來旺幾死而未死，蕙蓮可以不死而竟死，皆金蓮爲之也。作者特特於瓶兒進門，如此一段，所以危瓶兒也。而瓶兒不悟，且親密之，宜乎其禍不旋踵，後車終覆也。此深著金蓮之惡。」

一個小小的線索可以推敲出潘金蓮有多麼在意宋蕙蓮，以及宋蕙蓮、李瓶兒實爲一條鎖鏈的關係。李瓶兒曾爲官哥兒請了一個奶媽叫如意兒，後來母子兩人都死了，西門慶因對李瓶兒念念不忘，晚上常到她的舊房間睡覺，睡著睡著就跟同樣皮膚白皙的如意兒睡在一塊了（亦即在奶媽身上看到亡妻的影子）。從此如意兒走路有風，潘金蓮很看不慣，第72回找個藉口，直接往她的肚子招呼下去（可見李瓶兒母以子貴是潘金蓮的一塊心病），還撂下狠話：「你就是來旺兒媳婦子從新又出世來了，我也不怕你！」這時不但已距離李瓶兒之死有10回了，跟宋蕙蓮之死更相差至少45回之遠，潘金蓮還是對這些黃泉之

下的情敵們心存芥蒂。

張竹坡說作者之寫宋蕙蓮，就是在寫潘金蓮的「惡」，這句話確實不錯，但書中的「惡」，不只在潘金蓮，也充斥了整部作品。《金瓶梅》作為世情小說，揭露了許多人性的黑暗面，首先以一般人對此書的第一印象：色情的描寫來說，《金瓶梅》不只寫「性」，而且寫了不少脫離正常秩序的情事。我們在前面已經看到了西門慶與宋蕙蓮的偷情，而搞了半天孫雪娥與來旺兒也是一對。這還只是冰山一角：潘金蓮曾與孟玉樓帶來的琴童有鬼，龐春梅嫁給周守備後，與家中僕人周義通姦；潘、龐二人都與陳敬濟有不可告人的祕密。又潘金蓮曾試圖勾引武松，雖說好事不成，但書中偏有韓二搗鬼與王六兒（丈夫是韓道國，後來又與西門慶凹凸在一塊）這對亂倫的叔嫂，王六兒的女兒韓愛姐，後來則與陳敬濟相好。

更經典的是西門慶與林太太的關係，這又要說到了兩個妓女：李桂姐與鄭愛月兒身上。西門慶本來與李桂姐好，並且在第11回「梳籠」了她，就是以扮演夫妻結婚的方式成為她的恩客。這本來只是一種遊戲，不是真的婚姻，且娼家之流生張熟魏是常事，更兼西門慶到處拈花惹草，總不能叫李桂姐守活寡似的喝西北風吧？於是李桂姐別有主顧，是個年輕小伙子叫王三官。西門慶氣炸了，後來沉溺於鄭愛月兒石榴裙下，第68回鄭愛月兒反倒為他出了個出氣的主意：王三官的媽媽林太太徐娘半老，風韻猶存，嬌妻黃氏又少女嫩婦的，若先與林太太有染，不愁黃氏遲早不落入西門慶手裡。

確實，對一個男人來說，最羞辱的大概就是別的男人睡了自己的媽媽和妻子。西門慶聽完之後也覺得是個好主意，於是巧施手段，如願與林太太幹起風流陣。絕倒的是，王三官後竟認西門慶為義父（他對這位義父與母親的床笫之私一無所知）。而且話說回來，鄭愛月兒之所以出此主意，是因為她要報復王三官的心不在她身上。至於引起西門慶吃醋的李桂姐，其實本是李嬌兒的親姪女，也曾認吳月娘為義

母。所以這幾個人，既是父子、父女、夫妻、母女、母子，又彼此攪和。此外，潘金蓮小時候正是被賣到林太太家（王招宣府）的、後來在張大戶家被收用；李嬌兒曾與吳月娘的哥哥有首尾，在西門慶死後又嫁給張大戶的姪子——一亂還有一亂亂，整個清河縣的男男女女既「嬲」又「嫐」，就像一團毛線球一樣，是怎樣扯也扯不清的了。

《金瓶梅》之大量寫鶉鵲之亂，當然不光是一種羶色腥的心態，背後有其倫理秩序的深意。浦安迪說這是對於「齊家」理想的顛覆：「從這個角度說，造成這一大堆混亂的原因也許可以理解為是正常夫唱婦隨關係的顛倒錯位。」[9]配合前面提到，潘金蓮在性愛時喜歡跨騎的姿勢，都是一種隱喻，由私通和亂倫來表現正常秩序的顛倒，最後從「齊家」的失敗推衍到「治國平天下」的破產，小說最後果然由西門府的窳敗接筍宋金大戰下的一片斷垣殘壁。

這條崩毀的裂縫除了「色」之外，也可見於「財」的不當取得。西門慶由商入仕，透過結交當權宰相蔡京的方式，在第30回得到提刑所副千戶的官銜，從此在清河縣橫著走，想要「挲圓仔」的人也把大把大把的銀子往他的荷包裡送。第47回寫了一個叫做苗青的僕人，他謀害自己的主人苗員外，並將得來的錢財拿來賄賂西門慶，西門慶果然拿錢辦事，將此事都推到同謀的艄公身上，不意此事為監察御史彈劾，西門慶只好花錢消災，也去賄賂蔡京，才把這場風波化解。所以苗青及西門慶從頭到尾在忙什麼呢？右手得到的橫財，左手又交出去。就連不可一世的蔡京也是，坐擁天下的不義之財，但最後還是在金兵南下的過程中付諸流水，誰能長保萬年的富貴？不只如此，西門慶這樣為逆奴掩蓋的行為，正好是在教他背後虎視眈眈的韓道國、來保、來旺等人，後來果然在其死後盜財遠颺，留下被洗劫一空的破敗江山。

---

[9] 浦安迪著，沈亨壽譯：《明代小說四大奇書》，頁148。

說起來，西門慶何敢如此為非作歹？第57回他與吳月娘的一段對話，頗可以下一註腳：「咱聞那佛祖西天，也止不過要黃金鋪地，陰司十殿，也要些楮鏹營求。咱只消盡這家私廣為善事，就使強姦了姮娥，和姦了織女，拐了許飛瓊，盜了西王母的女兒，也不減我潑天富貴。」這是多少為富不仁者的心聲啊！多少企業家戴起慈善家的面具，只是為了花錢買一張贖罪券，只可惜在《金瓶梅》中，西門慶的罪愆並未被抵銷，迎接他的是報應不爽的悲慘結局。

（四）潘金蓮的殺機

作為下一堂課的引導，稍微解釋一下潘金蓮為什麼非得對李瓶兒痛下殺手？故事當然是從李瓶兒喜獲麟兒開始的，從那一天起，因為潘金蓮個人的不平衡以及西門慶確實將三千寵愛集於李瓶兒的一身，讓這對姐妹的關係生隙。第35回幾個妻妾在吳大妗子家作客，因官哥兒啼哭，僕人玳安先來接李瓶兒，卻是一頂轎子，兩盞燈籠。落後吳月娘、李嬌兒、孟玉樓、潘金蓮要回家，竟是四頂轎子共用一盞燈籠，潘金蓮氣得把小廝罵了一頓——當天晚上，西門慶自然也在李瓶兒房間過夜。

西門慶往李瓶兒房裡跑，在官哥兒出世之後幾乎已成常態了。第38回「潘金蓮雪夜弄琵琶」，西門慶一貫在外花天酒地，讓潘金蓮獨守空閨，好不寂寞，只好在一片碎瓊亂玉中彈奏琵琶解怨，歌聲嘹亮。忽聽得屋簷上鐵馬兒響，還以為是良人歸來，卻是風吹罷了。好不容易西門慶真的到家了，卻直接來找李瓶兒，兩人吃酒取暖，潘金蓮發現後哭得梨花帶雨，罵了幾句負心漢的話，又彈起了琵琶。這時西門慶聽到了，問是誰在彈？丫鬟說是五娘，李瓶兒趕緊說道：「原來你五娘還沒睡哩。繡春，你快去請你五娘來吃酒。你說俺娘請哩。」李瓶兒說的話不無虛偽，既然二人房間比鄰，潘金蓮彈了一夜

琵琶的事，她當然不可能不知情，如果真的想表現大方，應該一開始就攛掇丈夫去姐妹的閨房，這樣或許潘金蓮還不會對李瓶兒有這麼深的妒意。[⑩] 可李瓶兒畢竟也是一個女人，可能的話，她也想獨占丈夫的愛，想過著爸爸、媽媽一起寵愛著愛的結晶的平凡日子，只可惜這在一個妻妾成群又暗潮洶湧的家庭中是不可能的。

事態持續惡化，第39回西門慶為了為孩子建醮祈福，錯過潘金蓮的生日，而且在獻祭的文書上只寫了生母（就是李瓶兒）的名字，讓她十分惱火。第41回「兩孩兒聯姻共笑嬉」，寫官哥兒和喬大戶娘子新生的女兒玩鬧，大人們看了特別溫馨，因此半開玩笑的說好結成娃娃親。回去告訴西門慶後，西門慶倒嫌喬大戶雖說有錢，卻是「縣中大戶白衣人」，也就是平民老百姓，如何配得上我們是官宦人家？還說自己也遇到有人來攀關係，卻因那是小妾生的才被拒絕。這從頭到尾不干潘金蓮的事，她偏要插嘴一句，說官哥兒其實也不是出身正室：「正是險道神撞著壽星老兒 —— 你也休說我長，我也休嫌你短。」意思是什麼鍋配什麼蓋，這門親事我看也是剛好而已。西門慶聽了好氣，覺得妳亂說啊！我的寶貝兒子是妳可以亂說的嗎？

第43回「爭寵愛金蓮惹氣」也是，西門慶得到金鐲，基於疼兒子的心理，拿了一錠給小孩玩，但玩著玩著卻不見了，急得拿狼筋要審問各房丫頭。這件事同樣一點也不干潘金蓮的事，但她卻大酸特酸，說明明是西門慶自己的問題，現在卻勞師動眾地要一一查找，讓人笑死。西門慶聽了又是大怒，掄起拳頭作勢要揍潘金蓮：「狠殺我罷了！不看世界面上，把你這小歪剌骨兒，就一頓拳頭打死了！單管嘴尖舌快的，不管你事也來插一腳。」姑且不論打不打潘金蓮跟這個世界有什麼關係，但西門慶的反應確實讓潘金蓮相當心寒。過去山盟海誓，甜言蜜語，竟然都比不上一個小鬼頭。一次又一次的試探，讓潘

---

⑩ 可參見侯文詠：《沒有神的所在 —— 私房閱讀《金瓶梅》》，頁282-287。

金蓮有了一個結論：官哥兒一天不死，李瓶兒一天活著，西門慶的心就一天不會拴在我的身邊。

◎閱讀與思考：潘金蓮在出身、財富、子嗣上都不如其他妻妾，花心的西門慶又不斷拈花惹草，競爭者根本層出不窮。若你是潘金蓮，會如何在西門府自處？

敘事符碼

（課前閱讀：第59回〈西門慶露陽驚愛月，李瓶兒睹物哭官哥〉）[11]

（一）妻妾、情人、意中人

　　一如《西遊記》中充滿了丹鼎派的寓言，《金瓶梅》也被認為是一本寓意小說，書中角色名字、身分各有其意義，是作者的精心安排，張竹坡還因此寫了〈《金瓶梅》寓意說〉。本課程即試圖推敲小說的「敘事符碼」，就像拿鑰匙解鎖一樣，挖掘其中蘊藏的巧思。

　　首先以書中第二女主角李瓶兒為中心，她名字中的「瓶」字告訴我們她象徵一隻瓶子，那麼又是怎麼樣的瓶子呢？李瓶兒既是花瓶，也是藥瓶和銀瓶：先是與花子虛有一段「子虛烏有」的婚姻（基於她實為花太監的禁孌）；然後與開藥舖的西門慶通姦，短暫嫁給醫生蔣竹山；最後又認了妓女吳銀兒（本來是花子虛的相好）為乾女兒，以此構成花瓶、藥瓶、銀瓶的意象。

　　進一步延伸來看，花瓶是用來裝花的，這花兒正是西門慶的老婆們，浦安迪云：「花園的興建（從第16回至19回）與頭20回裡他那些花枝招展的妻妾先後進入家門的過程是完全配合一致的。只看李瓶兒過門之日也就是這座花園建成舉行慶典之時，這個意思就十分明白了。」[12]西門慶的家運與這座花園相始終，當花園構建的同時，正是他到處攀折花卉的時候，等到將花束收集完畢，就將她們放在花園／花瓶之中，而李瓶兒的入門是此獵艷過程告一段落的象徵。李瓶

---

[11] 本課程觀點除個人意見外，主要參考自浦安迪著，沈亨壽譯：《明代小說四大奇書》，〈《金瓶梅》：修身養性的反面文章〉部分，惟內容經筆者內化，無從 · 加注，特此說明。

[12] 浦安迪著，沈亨壽譯：《明代小說四大奇書》，頁106。

兒死後，西門慶亦命不久矣，他的妻妾們亦如落英繽紛，紛紛離開西門府，那茂盛一時的花園亦隨之蕭然。

李瓶兒本來在花子虛逝世後，要與西門慶當長久的鴛鴦，可是第17回碰巧西門府遇上親戚的官事，為避風頭而閉關。李瓶兒憂鬱難消，夢到狐鬼纏身，埋下其弱不禁風的病因。在這段期間為醫生蔣竹山所誘，竟與之成婚，後來西門慶重出江湖，設謀教訓了蔣竹山一頓，李瓶兒才輾轉嫁入西門府。在西門府誕下官哥兒後，又在月事期間拗不過西門慶的求歡，遂成崩漏之疾，從此變成一個藥罐子，並成為小說三個女主角中第一個離世的不幸人物。在第62回應伯爵來憑弔李瓶兒時，哥倆兒同時提到她斷氣當晚，簪兒斷掉的夢，其實掌故來自白居易詩〈井底引銀瓶〉：「瓶沉簪折知奈何，似妾今朝與君別」。我們側面可知小說家具備一定的文學底蘊，《金瓶梅》也不是單純的黃色小說，否則不會列入「奇書」之林。

再者，李瓶兒很有錢，因為她承繼了花太監來自宮中的財寶，小說用義認吳銀兒一事來強化這個意象。由於李瓶兒富有，她身邊的小飾物也多有銀製的，書中寫這些配件，亦有深意。第21回李瓶兒剛加入西門府的大家庭，與姐妹們的關係還未交惡，潘金蓮踏雪去她房裡叫她起床，摸見薰被的銀香毬兒（類似暖暖包加上薰香的東西），大叫：「李大姐生了彈（蛋）了」，正伏第27回妊娠的訊息。此外，官哥兒的身體向來不好，李瓶兒常為之印經祈福，第58回便拿壓被的一對銀獅子兌錢給廟中姑子，田曉菲說，這正是下回雪獅子驚嚇官哥兒致死的預兆，獅子為凶事的象徵[13]，正可串連到之前提到「虎中美女」的暗示。

在《三國演義》的介紹中，已提醒過大家，節日是另一個我們在

---

[13] 見田曉菲：《秋水堂論金瓶梅》（香港：三聯書店（香港）有限公司，2020年），頁234。

閱讀古典小說中應該注意的意象。在李瓶兒的生涯中，最重要的節日分別是元宵節和重陽節。前者是她的生日，她的一生一如元宵節絢爛的燈花煙火，雖然美麗耀眼，但卻稍縱即逝；至於重陽節，是她與西門慶第一次偷情的日子，第61回回目是「李瓶兒帶病宴重陽」，已透露其沉痾難返的嚴峻態勢。碰巧在四個月之後的元宵節，又輪到西門慶走向末路。[14]元宵節與中秋節有異曲同工之妙，美則美矣，卻透露著燈消火滅的寂寥，而重陽節無疑地屬於秋之景，令人聯想人生的尾聲。

《金瓶梅》還運用行令、唱詞等韻文的方式來進行伏筆。第21回西門慶同妻妾們一起行酒令，每人所言都與日後的命運攸關。吳月娘：「六娘子醉楊妃，落了八珠環，游絲兒抓住荼蘼架」，因西門慶要娶「六娘」李瓶兒，兩人有些不愉快，後來吳月娘故意燒夜香，等待西門慶，一如張生、崔鶯鶯在荼蘼架幽會（此外，荼蘼花開在春去夏來，暗示吳月娘看著姐妹們落花般離開）。李嬌兒：「水仙子，因二士入桃源，驚散了花開蝶滿枝，只做了落紅滿地胭脂冷。」因其出身娼家，故用劉晨、阮肇遇神女典故，最後果然是西門府散局第一人。孟玉樓：「念奴嬌，醉扶定四紅沉，拖著錦裙襴，得多少春風夜月銷金帳。」孟玉樓後來改嫁青春年少的李衙內，確實是春風金帳的好結局。孫雪娥：「麻郎兒，見群鴉打鳳，絆住了折足雁，好教我兩下裡做人難。」孫雪娥欲與來旺兒私奔不成，被虐打後轉賣到青樓，一如「折足雁」。潘金蓮：「鮑老兒，臨老入花叢，壞了三綱五常，問他個非奸做賊拿。」是說她後來與陳敬濟亂倫之事。李瓶兒說「險化做望夫山」，是指她差點無法嫁入西門府的往事，反而是西門慶的值得注意：「虞美人，見楚漢爭鋒，傷了正馬軍，只聽耳邊金鼓連天震。」霸王（西門慶）別姬（李瓶兒）後，不久自刎烏江，就像骨牌

---

[14] 見田曉菲：《秋水堂論金瓶梅》，頁82。

效應一樣，李瓶兒一死，西門慶亦邁入衰亡。[15]

　　李瓶兒之後，現在來說其他妻妾、情人及意中人的寓意。雖然前面說西門府的妻妾們都是花朵，但吳月娘卻是月亮（因她生於中秋而得名），所以她認李桂姐當義女，桂花與秋月總是互相配合的。花開花謝，而月兒雖然有盈虧，卻始終高掛天上：「眼看他起高樓，眼看他宴賓客，眼看他樓塌了」，見證西門府的興衰。本回所選故事中，提到西門慶去找鄭愛月兒尋歡，暗示「正愛好月」，即月滿則損的道理。官哥兒之死正安排在這樣的氛圍中：那時正值八月下旬天氣，李瓶兒覷著滿窗月色，更漏沉沉，果然愁腸萬結，離思千端。

　　孟玉樓是杏花，她有簪子上題有「玉樓人醉杏花天」。杏花為春日之花，而為她做媒嫁入西門府的是薛嫂，是「雪」，所以這段婚姻不甚如意。後來為她與李衙內牽線的陶媽媽是「桃」，桃花、李花、杏花都是春季的夥伴，的確是「春風夜月銷金帳」。另一個證據是，孟玉樓是在清明節與李衙內邂逅的，兩人相遇的地點正是「杏花村酒樓」。潘金蓮自然是蓮花，但蓮花開於夏季，一旦入秋即枯萎——這使得她註定與越冷越開花的龐春梅運勢交錯。潘金蓮與陳敬（莖）濟（芰）的偷情，暗示著陳舊敗壞的芰荷；後被發回王婆家，又與王婆之子王潮兒交歡（解渴王潮兒），即如蓮花苟延殘喘地在潮濕污泥中汲取最後一點水分，不單純是寫其淫賤而已。

　　孫雪娥顯然是「雪」，這個書中最不得意之人，雖說是名義上的四奶奶，但連龐春梅等丫鬟都瞧不起她（梅、雪不相下），西門慶也很少去她房間過夜，不過一旦去了，總是伏著冷局。如第58回去後官哥兒死、第78回去後西門慶死。與孫雪娥有點像的，是一個只聞樓梯響的美女楚雲，本是苗青要答謝西門慶的禮物，在第77回首次提到，可是第79回西門慶便一命嗚呼了，她也就沒有登場的戲分——小說家

---

[15] 以上參考自田曉菲：《秋水堂論金瓶梅》，頁102。

是用「雲」，象徵了虛渺易散的人間繁華。

最後我們來介紹一個別開生面的女子：何千戶的娘子藍氏，她登場於第78回，可以說是西門慶之死的推手。爲什麼這麼說？何千戶是西門慶的年輕同僚，他的妻子同樣嬌嫩，西門慶早就聽聞其美貌，垂涎久矣，在該回的宴會中驚鴻一瞥，不覺性慾鼓脹，一發不可收拾，竟一把抱起在家中擦撞的僕人老婆，兩人的性愛來得又快又急。西門慶猶不滿足，第79回又與王六兒鏖戰到腿軟難耐，正是對藍氏的慾望的激烈宣洩（小說家明寫：「原來西門慶心中只想著何千戶娘子藍氏」），所以回到潘金蓮房中已是精疲力盡。但如狼似虎的潘六兒並未放過他，西門大官人就這樣失精而亡。

看得出來西門慶的確對藍氏望眼欲穿，但《金瓶梅》中的尤物多如過江之鯽，何以最終是她葬送了西門慶？其實，藍氏正是李瓶兒的「排比人物」，張竹坡分析得好：「忽又寫一藍氏，也是太監姪兒之妻也，有錢，儼然又一瓶兒。蓋花籃亦可載花，花瓶亦可載花，而無如籃在何家。何者，河也，竹籃打水，到底成空，總是一番虛景。」（第78回）藍氏與李瓶兒有諸多相似之處，西門慶基於對愛妾的念念不忘，到處在別的女人身上尋找李瓶兒的影子；而對他來說，表現「愛」的方式就是「性」，他的「性」不見得帶有「愛」，可是愛一個女人必然是用「性」來表達。無奈，藍氏雖是「花籃」，卻不像李瓶兒一樣乘載了可愛的鮮花，配合何氏的雙關語「河」，是竹籃打水，一場空——西門慶的聲色追逐，到頭來也是如此。

（二）官哥兒

在談論李瓶兒時，必然會講到她的愛子：官哥兒。事實上，「官哥兒」這個名字正是因爲西門慶得到封官消息後，一時興起所取的；官哥兒的生死，從備受寵愛到不幸夭折，也與西門慶「官作生涯」的

榮枯息息相關。

官哥兒毫無疑問是李瓶兒所生的，如假包換，但要說他的父親是西門慶，那就不免要打上一個問號了。姑且不論潘金蓮是如何嘲諷李瓶兒受孕的時間點與嫁入西門府的日子不配合，暗示小孩的爸爸應該是蔣竹山，張竹坡在第30回的評點提到：「官哥兒，非西門之子也，亦非子虛之子，並非竹山之子也。然則誰氏之子？曰：鬼胎。」前面提到，李瓶兒因狐鬼纏身而求助於蔣竹山，正是在此時候「夢與鬼交」而懷上的，但這鬼怪也不是憑空而來的，一切與其冤孽的前夫花子虛有關。

李瓶兒與花子虛之間的婚姻並無愛情基礎，純粹是花太監為了掩人耳目而安排的（這與《紅樓夢》中賈珍將秦可卿下嫁兒子賈蓉有異曲同工之妙），所以花子虛常流連於吳銀兒的懷抱，李瓶兒也同樣跟住在隔壁的西門慶（當時西門慶與花子虛還有一層結拜兄弟的關係）暗渡陳倉。李瓶兒的外遇也許可以說得上是一種悲劇，就像潘金蓮不滿意武植一樣，可是後來她卻設下計謀，在花子虛銀鐺入獄時，假意求助於西門慶，實則聯手淘空其資產，讓花子虛含怨而終。

第59回故事中，官哥兒被潘金蓮的貓咪「雪獅子」撾傷驚嚇，身體狀況急轉直下，李瓶兒試圖哄著孩子睡，半夢半醒間，卻見花子虛從前門外來，指責李瓶兒為什麼抵盜錢財給西門慶，要去陰間告她的罪狀：「被李瓶兒一手扯住他衣袖，央及道：『好哥哥，你饒恕我則個！』花子虛一頓，撒手警覺，卻是南柯一夢。醒來，手裡扯著卻是官哥兒的衣袖衫子。」

上述情節，很明顯暗示了官哥兒正是花子虛的化身。此外，還有一條線索可以留意，當初李瓶兒紅杏出牆，與姦夫約定的信號，正是一旦丈夫不在，就會把認生的小狗關起來，讓丫鬟迎春喵喵喵地學貓叫，這時就是西門慶可以竊玉偷香的機會了。作為串連起這對姦夫淫婦姻緣的貓狗意象，在第58、59兩回又反覆出現。除了我們已知道

的，潘金蓮是以雪獅子為武器來施行陰謀，在前回中，她不小心踩到狗大便（小說原文竟用「天假其便」來形容），刻意借題發揮，把那肇事的狗兒痛打一頓。狗當然痛得嗥嗥叫，這還不夠，潘金蓮又遷怒到侍奉的丫鬟秋菊身上，把她打得殺豬也似地叫。潘金蓮並不是沒道理的亂發洩情緒，她知道李瓶兒的房間就在隔壁不遠處，官哥兒又天生膽小，只要受到噪音的驚嚇就身體不好，所以故意如此。

於是張竹坡在第59回的評點這麼說：「二句道盡，遂使推喚貓上牆，打狗關門，早為今日打狗傷人、貓驚官哥之因，一絲不差。……然後知其以前瓶兒打狗喚貓，後金蓮打狗養貓，特特照應，使看者知官哥即子虛之化身也。」貓與狗的搭配，正是李瓶兒與西門慶的離合線索，而在其中受害的花子虛與官哥兒，則是一體兩面的存在，這是「奇書」巧奪天工的布局之處。

雖然乍看之下，潘金蓮陰養雪獅子以害官哥兒，好像是第59回天外飛來一筆的事情，但實際上，至少在第51回「打貓兒金蓮品玉」，亦即潘金蓮在幫西門慶口交時，就出現了一個「白獅子貓兒」在旁蹲視。驚心動魄的是，西門慶看著好玩，竟拿扇子要去逗弄這隻貓咪，馬上被潘金蓮奪過扇子，把貓「啪」地打了出去。潘金蓮的緊張耐人尋味，考慮到後來補敘她時常用紅巾裹肉餵養雪獅子，讓牠誤以為穿著紅衫的官哥兒是平常的飼料，而西門慶在那縱情的場景中，露出紅通通的陽具，卻不知生死一瞬間，真讓人捏一把冷汗。至此，讀者也才恍然大悟，原來潘金蓮早就在準備一場謀殺案了，甚至，雪獅子也不是「虎中美女」唯一的暗器——第52回同樣有一隻黑貓穿堂入戶，輕易地挨近官哥兒的身邊，直到被人影嚇跑為止。[16]

官哥兒既是花子虛的轉生，那麼與李瓶兒的關係，就不是單純的

<hr>

[16] 侯文詠認為這也是潘金蓮密謀訓練的貓，見氏著：《沒有神的所在　　私房閱讀《金瓶梅》》，頁307、318。

母子親情了，本回選文中，薛姑子直截了當地戳破：「你這兒子，必是宿世冤家，托來你蔭下，化目化財，要惱害你身，為你捨了此《佛頂心陀羅經》一千五百卷，有此功行，他害你不得，故此離身。到明日再生下來，才是你兒女。」其實李瓶兒當然心裡有數，就如同小說寫其接下來的反應：「李瓶兒聽了，終是愛緣不斷。但題起來，輒流涕不止。」官哥兒是我李瓶兒含辛茹苦，懷胎十月才分娩下來的，又每天抱著這個嬰兒睡覺，日日夜夜陪伴了一年兩個月，就算是前世是不共戴天的仇人，今生卻是嫡嫡親親的小寶貝。

在西門府受盡機關，百般委屈都只能吞忍下去（就像瓶子一樣，守口如瓶，不出惡言），官哥兒是唯一的慰藉，所以無論如何，李瓶兒都捨不得。官哥兒才剛斷氣，小廝就要擡他出去料理後事，李瓶兒痛哭不捨，泣道：「慌擡他出去怎麼的？大媽媽你伸手摸摸，他身上還熱哩！」這段話真是流盡天下慈母的眼淚，讓鐵人也不禁哭泣。唯一不為所動的可能是潘金蓮，風水輪流轉，一向受到冷落的潘金蓮總算抖擻精神，走路有風。

世事本是如此，李瓶兒看到官哥兒博浪鼓的玩具而觸目傷情，這個禮物在此之前兩次出現，分別是第32回由宮中太監賀喜所贈，以及第50回西門慶在李瓶兒身上試藥時點出：這一場景不只伏了李瓶兒的崩漏惡症，也伏下官哥兒之死訊。福兮禍所倚，官哥兒、李瓶兒、西門慶紛紛而逝，就像骨牌效應一樣，讓西門府難以挽救地趨於崩潰。

對於官哥兒之死的反諷意義，還表現在兩個部分，首先可見浦安迪所說的：「作為冷諷的最後一筆，他特地讓孩子死在壬子這一天，這是早在月娘和金蓮先後多方求子一事裡已被賦予『懷孕』這一特殊意義的日子（基於它與『妊子』諧音）。」[17]另外，田曉菲則注意到：「八月二十七日，官哥下葬；九月初四，西門慶的緞子（斷子）

---

[17] 浦安迪著，沈亨壽譯：《明代小說四大奇書》，頁114。

舖開張。開張之日大擺酒宴，鼓樂齊鳴。西門慶更是『穿大紅，冠帶著燒紙』，張羅慶祝。」[18]不管是「壬子」（妊子）的破產或「緞子」（斷子）的慶祝，小說作者都展示出優異的寓意技巧，只不過這背後的挖苦，對西門慶及李瓶兒這對鴛鴦來說，未免過於酸楚了一些。

（三）永福寺：生我之門死我戶

所謂「色即是空，空即是色」，本來指的是人間一切色相皆屬因緣所構，但是「色」字又讓人聯想到男歡女愛，對於《金瓶梅》這樣一部不避諱於描繪床第的作品來說，當然也在這層寓意上大作文章。

小說中，有一貫串全書的地標，名叫「永福寺」，而之所以說它貫穿全書，是指至少在頭尾及中間部分（這些回目正是我們說「奇書」刻意揭櫫創作意識之處），都重複點到了這座永福寺。第1回「西門慶熱結十兄弟」，提到要在永福寺或玉皇廟拜把，而第100回「普靜師幻度孝哥兒」，吳月娘等人則是逃難到永福寺。第49回（即小說的一半）西門慶向掛單之胡僧求取春藥，地點正是在永福寺，作者且寫胡僧是一「豹頭凹眼，肉紅直裰」的「獨眼龍」，鼻孔還不時流著玉筯，且出身自「密松林，齊腰峰」，分明是男性的陽物。不只如此，引見西門慶的永福寺住持，法號竟是「道堅」，就是「硬梆幫（梆）幫主」的意思（與電影《食神》中的「夢遺大師」一樣令人噴飯）。

張竹坡的解釋有一定的道理：「夫永福寺，湧於腹下。此何物也？其內僧人，一曰胡僧，再曰道堅，一肖其形，一美其號，永福寺真生我之門死我戶，故皆於死後同歸於此，見色之利害。」（〈《金

---

[18] 田曉菲：《秋水堂論金瓶梅》，頁240。

瓶梅》寓意說〉）職是，「永福寺」其實就是人的生殖器：每個男人都是經從陰道來到這個世界上（剖腹產另當別論），卻花費了大部分的精力重遊故地，以致油枯燈滅，髓竭人亡，確是「色」字頭上一把刀。《金瓶梅》在開篇就說了：「二八佳人體似酥，腰間仗劍斬愚夫；雖然不見人頭落，暗裡教君骨髓枯。」（此詩在西門慶之死時重提）這是古代男性作者對女性胴體危險性的深切警惕。

　　為了強化「性愛」與「死亡」之間的連結意象，作者續寫西門慶得到春藥之後的性冒險，尤其回到家的第一站／戰，就是在摯愛的李瓶兒身上試行新武器。不過，當時李瓶兒適逢月事，實在不適宜雲雨之事，偏偏西門慶心中只想著和愛妾睡，讓李瓶兒只好嫣然笑道：「我到明日死了，你也只尋我？」（第50回）這顯然是一句不吉利的讖言，果然後來感染了無可救藥的崩漏之疾，最終在第62回瓶沉簪折，其實早已種因於此。侯文詠說得好，李瓶兒之死，潘金蓮固然是幕後兇手，但西門慶也難辭其咎，所以是那些最愛她、最恨她，以及她最愛、她最恨的人，一起謀殺了李瓶兒。[19]

　　永福寺不只出現在這些關鍵的回目，也串起了金、瓶、梅三人。除了上面提到的，李瓶兒之死以第49回胡僧所贈之春藥為伏筆，潘金蓮在被武松殺掉之後，原本曝屍街衢，爾後在第88回，已經出嫁周守備的龐春梅感念主僕情深，為之重新瘞葬，永眠之地便選在永福寺（此地正是周守備之香火院）。因為這一點緣由，次回龐春梅至永福寺燒香，恰好遇到吳月娘等人，讓分屬兩個家庭的月、梅雙線又兜籠起來，這又是後話。

　　由上述的介紹，我們知道了永福寺不只是《金瓶梅》當中的重要座標，而且有其「色」與「空」交疊的寓意。這種佛教色彩的點染，還表現在最後一回，許許多多書中亡故的角色，一一來到普靜長老的

---

[19] 侯文詠：《沒有神的所在──私房閱讀《金瓶梅》》，頁332。

面前懺罪，並報備來生投胎哪家哪戶。其中與龐春梅通姦的家人周義，不只是一干幽鬼中殿後者，也是少數知道來世名字的，他下輩子叫做「高留住兒」。張竹坡的解讀是：「言須一篙留住，方登彼岸」（〈《金瓶梅》寓意說〉），正是緇流捨離紅塵之說。不過，侯文詠的看法是：「高留住兒。藉著這四個字，作者留下最後的告別印記：稿留住兒。……那些轉世的主角，留下來的稿兒，還有許多曾在我們心中發生的感動，就這樣，不停地又開啟了《金瓶梅》之外，更多關於成住壞空的人生大戲。」[20]

由上述的說法延伸，我們所能看到的，不只是一個「成住壞空」的佛家法門，也看到了小說作者所留在人間的遺產：一部「淫書」，也是一部「奇書」。這部作品的兩面性（色即是空），讓我們聯想到孔子對於《春秋》傳世的戒慎，抽換詞面後，就變成「知我者，其惟《金瓶梅》乎？罪我者，其惟《金瓶梅》乎？」

（四）西門慶大哭李瓶兒

雖然在小說的一開始，李瓶兒與潘金蓮沒什麼兩樣，都是犯下不倫醜事的淫蕩女人，也對前夫展露出心狠手辣的手段，可是，一旦官哥兒出世後，李瓶兒多了一個截然不同的身分：慈母。

或許讀者會期待李瓶兒會跟潘金蓮正面交鋒，殺得血流漂杵，可是正因為李瓶兒母親的身分，使得她保護官哥兒的衷曲，遠多於與情敵一決雌雄的好勝心。李瓶兒在西門府的日子中，可說是百般忍讓，例如第41回，她聽見潘金蓮指桑罵槐：「李瓶兒這邊分明聽見指罵的是他，把兩隻手氣的冰冷，忍氣吞聲，敢怒而不敢言。早辰茶水也沒吃，摟著官哥兒在炕上就睡著了。」等到西門慶察覺了李瓶兒紅紅的

---

[20] 侯文詠：《沒有神的所在——私房閱讀《金瓶梅》》，頁607。

眼圈,她也不願多說,只說自家心裡不自在。如同侯文詠說的:「如果只是李瓶兒和潘金蓮一對一的對決,大戰也許早就爆發了。可是畢竟這是一個大家族,人與人之間是那麼地缺乏距離,為了避免樹立太多敵人,導致戰火波及官哥兒,做為母親的李瓶兒寧可送衣服、陪笑臉,自己受罪、忍耐,也不要全面開戰。這是李瓶兒的生命選擇。」[21]

所謂「人無害虎心,虎有傷人意」,不幸的是,「虎中美女」並不打算放過李瓶兒這隻小綿羊(她剛好屬羊,正是「羊入虎口」),無辜的官哥兒便成為犧牲品。李瓶兒已經失去了官哥兒了,身體又羸弱不堪,剩下的支柱就只剩下她最愛的,同時也最愛她的丈夫。可是西門慶,一個最狡黠又最遲鈍的男人,卻澈底傷了她的心。田曉菲說:「在金蓮的貓嚇死瓶兒的孩子之後,金蓮已是瓶兒的仇人了。然而西門慶坐了一回,偏偏說道:『罷,罷,你不留我,等我往潘六兒那邊睡去吧。』……於是瓶兒說了她來西門慶家之後唯一一句含酸的怨語:『原來你去,省得屈著你那心腸兒。他那裡正等得你火裡火去,你不去,卻忙惚兒來我這屋裡纏。』西門慶聞言道:『你恁說,我又不去了。』李瓶兒微笑道:『我哄你哩,你去罷。』然而打發西門慶去後,一邊吃藥,一邊卻又終於不免落下淚來。」[22]

李瓶兒當然希望在生命的最後,盡量挽留西門慶在身邊陪伴她,可是在古代衛生條件不如現代的環境,加上她染上的又是下體血流如注的崩漏之疾,讀者可以想見李瓶兒的面色不會太好看,房間的氣味也不好聞。李瓶兒是女人,是女人都愛美,她想要留給摯愛的,是最美的印象。所以她一邊吃著沒有用處的藥,一面眼淚撲簌簌地將西門慶送給一生最大的仇敵:潘金蓮。

---

[21] 侯文詠:《沒有神的所在——私房閱讀《金瓶梅》》,頁297。
[22] 田曉菲:《秋水堂論金瓶梅》,頁243。又據田曉菲,將潘金蓮稱為「六兒」(娘家的排行),無意中是將她當成西門府的「六娘」李瓶兒的替代品。

就像曹操對自己命運的預測，第62回潘道士提到李瓶兒也是「獲罪於天，無所禱也」^㉓，訣別的時刻降臨了。同一回，李瓶兒嗚嗚咽咽地握著西門慶的手說：「我的哥哥，奴已是得了這個拙病，哪裡好甚麼！奴指望在你身邊團圓幾年，也是做夫妻一場，誰知到今二十七歲，先把冤家死了，奴又沒造化，這般不得命，拋閃了你去。若得再和你相逢，只除非在鬼門關上罷了。」西門慶亦悲慟不勝，哭道：「我的姐姐，你有甚話，只顧說。」這確實是《金瓶梅》這部充斥著紙醉金迷的小說中，難能可貴的真情流露——即使這對組合是道德有虧的惡霸和淫婦。猶如侯文詠所說的，透過這段情節的閱讀，讀者赫然發現：「原來只要是人——不管好人或壞人，一樣都是有深情款款的時刻的」。^㉔

李瓶兒一死，作者說西門慶的反應是「在房裡離地跳的有三尺高，大放聲號哭」，這真是前所未見的一刻，可知西門慶是真心感到難過與痛苦。西門慶不僅請畫師留下愛妾的倩影，甚至為之舉辦了破格的喪禮。但是一切的一切辦得再鋪張、熱鬧，都換不回李瓶兒，從頭到尾也只有一個人真正為李瓶兒的離去感到悲傷，那就是西門慶。西門慶或許擁有了金山銀山和無數的美女，但這個最富足的男人，同時也註定背負了最一無所有的寂寞。

㉓ 浦安迪曾說，西門慶之死在小說的第79回的安排，模仿了《三國演義》的曹操之死（第78回），見氏著，沈亨壽譯：《明代小說四大奇書》，頁62。另外，田曉菲則注意到《金瓶梅》卷首詩是唐代女詩人程常文的〈銅雀臺〉，寫的正是曹操死後，歌舞不再的寂寥，而曹操與西門慶的遺命也有相似之處：希望姬妾不要失散（這個願望很快地便破產了）。見氏著：《秋水堂論金瓶梅》，頁9-10。凡此種種，都證明西門慶與曹操的形象有所疊合，這個意象更是在李瓶兒亡故以前就有所暗示。

㉔ 侯文詠：《沒有神的所在——私房閱讀《金瓶梅》》，頁341。

◎閱讀與思考：李瓶兒無疑是西門慶的摯愛，但西門慶並未因其死而停止漁色，反而在不同女人肉體尋求情人的影子。你怎麼看待西門慶的「性」與「愛」？

反諷色彩

（課前閱讀：第89回〈清明節寡婦上新墳，永福寺夫人逢故主〉）⑤

（一）炎涼書：溫度的寓言

周星馳電影《破壞之王》（1994）中有一幕，是外賣小子何金銀和斷水流大師兄在擂臺上對峙，兩人敵不動，我不動，場邊播報員只好拿出武俠小說，按照上面情節胡亂糊弄。本來講得還煞有其事，未料書忽然掉在地上，只好隨手拿起一本繼續鬼扯：「大師兄嬌喘一聲倒在何金銀的懷裡……？」越唸越不對勁，翻開封面一看，原來剛剛唸的竟是……《金瓶梅》？（而且英文字幕還是Playboy）

這段情節，反映了一般大眾對於《金瓶梅》的認知，也就是把它當成一本黃色小說，古代稱之「淫書」，但其實《金瓶梅》中雖說性愛場面寫得露骨，比例卻沒有想像中來得高，更遑論會讓人隨手一翻，就翻到什麼「嬌喘一聲」的場景。當然，我們課程中提過，閱讀「四大奇書」是可以從某一個既定印象去理解，不能說這樣是錯的，可那並非小說的全貌。《金瓶梅》也是，雖說自古便被目為「淫書」，但它還有另一個面目展現在讀者的面前，張竹坡稱之為「炎涼書」。

「炎涼書」，顧名思義是描寫「世態炎涼」之書，這幾乎是老生常談的道理了，但是作者卻不只寫人情冷暖，而且運用「潛話語」的敘事策略，賦予作品以「溫度的寓言」。此手法從第1回就可見端倪，尤其是繡像本的回目「西門慶熱結十弟兄，武二郎冷遇親

---

⑤ 本課程觀點除個人意見外，主要參考自侯文詠：《沒有神的所在 —— 私房閱讀《金瓶梅》》，惟內容經筆者內化，無從一一加注，特此說明。

哥嫂」，便標榜「熱」與「冷」二字，暗示書中的情節走向將是由「熱」到「冷」的溫度變化，而從四季來看，這種變化的轉折就發生在秋季。田曉菲甚至說：「《金瓶梅》是一部秋天的書。它起於秋天：西門慶在小說裡面說的第一句話，就是『如今是九月廿五日了』。它結束於秋天：永福寺肅殺的『金風』之中。秋天是萬物凋零的季節，死亡的陰影壟罩著整個第一回，無論是熱的世界還是冷的天地。」㉖

「熱」與「冷」的對比，表現在於西門府的家運盛衰，因此作者把西門慶得官生子的時節安排在夏季。一如侯文詠所說的，得官的消息傳來時，西門慶正與妻妾們在大捲棚賞玩荷花、避暑飲酒，家中樂伎還唱著〈人皆畏夏日〉——無疑的，盛夏所隱喻的，正是整個西門家族即將開展的熾熱全盛時期。㉗

可是，人無千日好，花無百日紅，西門慶耀武揚威的日子終究有走向盡頭的一天。小說家巧妙地安排幾位次要人物的進退，暗示著《金瓶梅》由暑至寒的冷卻。先是夏提刑，他本是西門慶的上司，第70回被調往京城管鹵簿（朝廷儀仗），西門慶於是由副官轉正。夏提刑離開了清河縣，表示夏天過去了。秋天雖說不如夏天炎熱，但也會有「秋老虎」的回溫時候。第76回充當西門慶文膽的溫秀才（綽號「溫屁股」），因雞姦家中小廝而被炒了魷魚，其退場象徵了氣溫驟降。最後是第80回為西門慶作祭文的水先生，他的現身（在此之前，應伯爵曾在西門慶面前大力推薦）則彷彿澆下一盆冷水，至此《金瓶梅》已進入令人顫慄的冰天凍地。

西門慶之死，本身也安排在某種冷峻的氛圍之中。浦安迪云：「西門慶喪命的最後階段一直貫穿著這空虛冷寂的同類意象。到第79

㉖ 田曉菲：《秋水堂論金瓶梅》，頁19。
㉗ 侯文詠：《沒有神的所在——私房閱讀《金瓶梅》》，頁201。

回他與王六兒經過一次淫蕩狂熱、耗盡精力的交合之後又拖著沉重的步子置身於月色朦朧萬籟俱寂的街衢時，這一空虛冷寂的意境就立刻展現在眼前。他經過一座石橋旁邊，一個黑影子突然在他面前一閃而過，坐騎驚了一下，嚇得他在馬背上打了個『冷戰』——這『冷戰』一詞回照了官哥也曾有過的經歷——但還是一步步送他到潘金蓮的懷抱裡去迎受致命的最後一擊。」[28]

瓶沉簪折、敗莖荾荷，《金瓶梅》中的李瓶兒、潘金蓮都已消逝，書中的男主角西門慶也一命嗚呼，小說寫至此，真可謂凜冽難耐。但是正所謂：「不經一番寒徹骨，焉得梅花撲鼻香？」潘金蓮身邊的小丫鬟龐春梅，終於要綻放出美麗的芬芳。為了鋪陳她的活躍，小說在第72回寫了客人送西門慶四盆花卉，其中有紅梅、白梅、茉莉和辛夷。

張竹坡指出：紅梅與白梅是第82回「弄一得雙」之伏筆，這是潘金蓮為了讓龐春梅不要把自己跟陳敬濟不倫之事洩漏出去，要求她同赴巫山：「那春梅把臉羞的一紅一白，只得依他。卸下湘裙，解開褲帶，仰在凳上，盡著這小夥兒受用。」這是女性版的「投名狀」，一起加入共犯結構，就沒有人當「抓耙仔」。[29]至於「茉莉」是「不利」的諧音，也可以當成「末路」的雙關，指的是西門府的運勢。「辛夷」是「新姨」，意指新的女主角，當然就是龐春梅。主舞臺已經架好，就等她站上去了。

（二）心高氣傲龐春梅

我們已經知道，西門慶有六位妻妾，金、瓶之外，書名的第三位

---

[28] 浦安迪著，沈亨壽譯：《明代小說四大奇書》，頁128 129。
[29] 可參考侯文詠：《沒有神的所在——私房閱讀《金瓶梅》》，頁495。

佳人，還有吳月娘、李嬌兒、孟玉樓和孫雪娥等選項，但最後卻是出身低微的龐春梅雀屏中選，這真是一個饒富意味的安排。就連她的上司也不相信有一天這個小丫頭會飛黃騰達，第29回有位吳神仙來到西門府相面，他的觀察也是一種預述，暗示了幾位角色日後的命運，其中對龐春梅竟予以「倉庫豐盈財祿厚」的福相評價。可是，這時吳月娘卻不服氣了：「我只不信，說他後來戴珠冠，有夫人之分，端的咱家又沒官，哪討珠冠來？就有珠冠，也輪不到他頭上。」此時西門慶尚未封官，所以吳月娘對於吳神仙的說法有些懷疑，並且認為，就算哪天丈夫真的分到一頂烏紗帽戴了，那麼論輩排序，也是老娘我先享受封誥，怎會輪到龐春梅呢？

西門慶的解釋是，吳神仙看到龐春梅打扮不同，又跟吳月娘站在一起，可能誤以為是我們的女兒，所以才說她未來會招個金龜婿。其實，龐春梅雖然只是青衣婢女，但卻不會因此不起眼；相反地，她本來是在吳月娘房中使喚，西門慶卻刻意將之調往侍奉潘金蓮，正是覬覦她的美貌——淫浪的潘金蓮，顯然是比死板的吳月娘更容易交涉的對象。由此可知，龐春梅面容姣好，是個外型出眾的小美女，而且之前我們提到，她又不會妄想著與其他妻妾爭鋒，雖然與西門慶上了床，仍安分地保持在奴僕的階層（這一點與宋蕙蓮迥異，因此潘金蓮甚至照顧她，視之為左右手），可儘管如此，龐春梅仍然有著心高氣傲的一面。

在龐春梅心目中，自有一種排序：雖然自己低於西門慶、吳月娘等主人，可是她對本身的條件感到驕傲，因此也不屑同屬於奴僕之人的頂撞。[30]第一場風波發生在第11回，此時潘金蓮剛入西門府，與龐春梅兩人正受西門慶寵愛，孫雪娥不是滋味，譏諷龐春梅「想漢

---

[30] 可參考侯文詠：《沒有神的所在——私房閱讀《金瓶梅》》，頁68、379、399。

子」，龐春梅馬上暴跳如雷，孫雪娥見了只好摸摸鼻子，不發一語。孫雪娥雖說是西門慶的妾，實際上原是個丫頭，而且即使被扶正了，仍被指派粗重的大竈之事，因此大家都知道她只是有名無實的奶奶，龐春梅也不把她放在眼裡。隔天龐春梅被西門慶指派來廚房責問孫雪娥，為什麼還沒做好早餐（他臨時想吃荷花餅、銀絲鮓湯），孫雪娥也很火大，兩人槓上，此時孫雪娥酸說：「主子奴才，常遠是這等硬氣，有時道著！」意思是妳跟潘金蓮囂張沒落魄的久，龐春梅氣得臉黃黃的。西門慶知道後大怒，要為愛人出氣，踹了孫雪娥幾腳，罵說：「你罵他奴才，你如何不溺胞尿把自己照照！」可知得罪龐春梅的是「奴才」孫雪娥，竟敢罵我是「奴才」，妳自己又算哪根蔥？

這種自視甚高的姿態，還發生在第22回，此時樂工李銘在教龐春梅彈琵琶，有意無意之間，摸了她的小手，馬上被痛罵：「賊少死的忘八，你還不知道我是誰哩！一日好酒好肉，越發養活的你這忘八靈聖兒出來了，平白捏我的手來了。」被她千王八、萬王八地罵跑──根據張竹坡統計，後來她跟潘金蓮加起來總共罵了廿一次王八！李銘是李嬌兒的弟弟，身為樂工，在古代身分低微，所以可知龐春梅也看不起他，但更重要的是，龐春梅一旦看不上的人，也不管其背後的勢力是誰：就算是西門慶的二房，她也不怕得罪。龐春梅可以小女人地跟西門慶、陳敬濟做愛，百依百順，但李銘只是摸了一下手而已，她卻像母夜叉一樣大呼小叫，這真是有天壤之別。奇異的是，後來等到她成為周守備的夫人，卻反而回來跟奴僕階級的周義搞不倫。或許龐春梅在某種程度上，有點享受被「不同階級」羞辱的快感吧？

第72回輪到如意兒遭殃，龐春梅先使秋菊向她借棒搥洗衣服，如意兒不肯，龐春梅便在潘金蓮的授權下：一沖性子，就一陣風走來李瓶兒那邊，說道：「那個是外人也怎的？棒搥借使使就不與。如今這屋裡又鑽出個當家的來了！」言下之意是，妳以為妳是李瓶兒啊？

搞清楚妳只是一個奴婢而已！但，其實龐春梅也是個奴婢，說起來她也沒什麼資格跟人家大小聲。可是龐春梅還是一貫的作風，直到第75回，終於掀起了滔天巨浪。這回，家中幾個奶奶出門了，幾個奴僕自己喝酒取樂，龐春梅一時興起，想到江湖走唱的申二姐歌喉不錯，就派小廝去吳月娘房間，當時申二姐正在這為吳大妗子、西門大姐等人唱，一聽說是「春梅姑娘」叫喚覺得莫名其妙，我正在唱給吳大妗子聽呢！春梅姑娘稀罕什麼？

龐春梅聽說申二姐不來，大怒，一點紅從耳畔起，須臾紫遍了雙腮（《金瓶梅》寫人生氣的生理反應多麼寫實、細膩），一陣風來到上房，指著申二姐大罵一頓：「你是甚麼總兵官娘子，不敢叫你？……你無非是個走千家門、萬家戶，賊狗攮的瞎淫婦。你來俺家才走了多少時兒，就敢恁量視人家？你會曉的甚麼好成樣的套數兒，左右是那幾句東溝籬，西溝灞，油嘴狗舌，不上紙筆的那胡歌野詞，就拿班做勢起來！」罵得申二姐一愣一愣的，哭哭啼啼，夾著尾巴逃走。

龐春梅威風是威風了，但卻觸怒了家中的大魔王：吳月娘。過去，龐春梅得罪的是孫雪娥、李嬌兒這些不得志的深宮怨婦，或者踐踏的是不會還陽的李瓶兒，可是這次竟然跑到吳月娘的房間罵人，讓吳月娘覺得，潘金蓮妳是不是該管管妳底下的人？妳養的狗跑來我地盤撒野，請問這是什麼意思？吳月娘在小說中，是不如潘金蓮伶俐，甚至可以說有點溫吞，可是她畢竟是家中的大姐頭，一旦出手就絕對見血封喉。此時的情境是，潘金蓮在李瓶兒死後，重新得到西門慶的寵愛，兩人打得火熱，所以潘金蓮也有點得意忘形，竟然對吳月娘的警告付之一笑，嘻嘻哈哈的，讓整體態勢火上加油。更糟糕的是，西門慶也沒有打算認真處理這件事，一樣嘻皮笑臉，與潘金蓮一個鼻孔出氣，吳月娘氣炸了！

吳月娘自回房間，西門慶也進來，兩人說沒兩句，由於這天正

好是「壬子」（薛姑子交待吃符藥妊娠的祕日），潘金蓮一心與西門慶交合，好懷上他的孩子，竟掀起簾子催他，自己先回房間等。西門慶本欲起身，吳月娘卻說我偏不要你去，只潘金蓮是你的老婆，其他人不是？好比說孟三姐，嘔吐不舒服，你知道嗎？還不去看看她怎麼了？西門慶一聽心愛的孟玉樓身體不好，連忙趕去探視，當晚就與之繾綣纏綿了一番──吳月娘「聯合次要敵人，打擊主要敵人」的策略奏效，潘金蓮自然也與珍貴的壬子日失之交臂。

隔日，兩人都憤恨難消，潘金蓮一貫的偷聽，吳月娘正抱怨她霸占老公，潘金蓮就直接闖了進去，質問大姐姐是妳說我把攔漢子的嗎？吳月娘沒被嚇倒，也沒在客氣，直接說是我說的，不然妳想怎樣？潘金蓮又問，西門慶自己有腳會走路，難不成我拿豬毛繩子套住他嗎？吳月娘反問，如果妳不是發浪的話，請問昨天是誰來我房間要人？雙方唇槍舌戰起來，已到了西門慶不介入不行的地步了。不幸的是，儘管潘金蓮哭得委屈，但她就是缺少吳月娘擁有的籌碼：子嗣，盼子心切的西門慶，不看僧面看佛面，選擇維護的是身懷六甲的大老婆。吃虧的潘金蓮只好在和事佬孟玉樓的牽線下，忍氣吞聲地向吳月娘磕了四個頭，這才終於平息了這場超級大風暴。

（三）狹路相逢竟是無地自容

這場因龐春梅而起的大戰，潘金蓮兵敗如山倒，可是這也顯示出一件事，潘金蓮對待龐春梅真的是沒話說，肝膽相照，義氣相挺。尤其不可忘記的是，龐春梅本來是出身於吳月娘的房裡，可是對龐春梅來說，離開了西門府，她還是對潘金蓮的恩情點滴在心頭，本來力勸丈夫娶她進門作伴，無奈被武松斬斷兩人緣分，又為她安排安葬之所。田曉菲說：「與戰國時的豫讓相似，春梅也曾歷經二主：先服侍西門慶的正妻吳月娘，後服侍潘金蓮。然而『彼以眾人待我，我以眾

人報之；彼以國士待我，我以國士報之』：於是豫讓之報答智伯，事其死一如事其生；而春梅之報答金蓮也如是。」③

潘金蓮與龐春梅之間的情深義重，又回到了我們在談《三國演義》時說過的「眾人國士之論」，雖然相較於吳月娘，潘金蓮似乎更為狠毒又淫惡，可是她對待龐春梅更勝吳月娘，因此就像張遼奉獻忠義給賞識自己的曹操，龐春梅也對潘金蓮死心塌地，事死如生。

畢竟，吳月娘確實是一個沒有胸襟的女人，這件事在西門慶死後更形突顯。西門慶臨死前，特地交待妻子：「我死後，你若生下一男半女，你姐妹好好待著，一處居住，休要失散了，惹人家笑話。」又指著潘金蓮：「六兒從前的事，你耽待他罷。」（第79回）西門慶不是不知道官哥兒、李瓶兒之死，罪魁禍首是潘金蓮，但那又如何呢？西門慶最愛的是李瓶兒，但他也愛潘金蓮，並沒有因為對李瓶兒的愛而轉恨潘金蓮，現在眼看要撒手人寰了，他只希望他深愛的這些女人好好共處一室。但吳月娘願不願意給他承諾呢？小說接著寫：「說畢，那月娘不覺桃花臉上滾下珍珠來，放聲大哭，悲慟不止。」這個反應背後的意思，不外乎是：我雖然聽到了，但很抱歉我做不到。③

故事的發展可說是一波未平，一波又起：西門慶離世不久，吳月娘竟開始陣痛起來，在一陣兵荒馬亂中，西門家的遺腹子呱呱墜地。這件事不免稀罕：老子才剛兩腳一伸，兒子就緊接著出世，背後的暗示當然很耐人尋味。至於吳月娘好不容易清醒過來，卻發現裝元寶的箱子大開，痛罵丫鬟玉簫說：「賊臭肉，我便昏了，你也昏了？箱子大開著，恁亂烘烘人走，就不說鎖鎖兒。」下令鎖緊箱子，孟玉樓都看在眼裡，悄悄地對潘金蓮說：「原來大姐姐恁樣的，死了漢子頭一日，就防範起人來了。」吳月娘確實是個奇怪的女人，對錢看得比生

③ 田曉菲：《秋水堂論金瓶梅》，頁13。
③ 見侯文詠：《沒有神的所在──私房閱讀《金瓶梅》》，頁476。

命還重，比丈夫、兒子還重，虧她還出身大家閨秀，自小不愁吃穿，反倒是出身貧窮的潘金蓮有骨氣，從來不接受金錢的收買（否則就不會硬要置李瓶兒於死地）。

不只如此，第80回——不過是西門慶之死的下一回，吳月娘馬上下令一件事：「月娘分付把李瓶兒靈床連影攛出去，一把火燒了，將箱籠都搬到上房內堆放。奶子如意兒並迎春收在後邊答應，把綉春與了李嬌兒房內使喚，將李瓶兒那邊房門，一把鎖鎖了。」原來看似容忍丈夫花心的寬厚妻子，對於李瓶兒也早已有著滿溢的妒意，到最後連她的畫像都容不下，必欲燒之而後快。可是，真要說起來，吳月娘真沒道理這麼小心眼。畢竟，李瓶兒臨終前，對於吳月娘也算一片冰心，要她好好仔細肚中胎兒：「娘到明日好生看養著，與他爹做個根蒂兒，休要似奴粗心，吃人暗算了。」（第62回）吳月娘就算看在這份箴言的分上，又何苦做得這麼絕呢？真是「我本將心託明月，無奈明月照溝渠」。

吳月娘的心胸狹窄，很快地讓她自食惡果。第81回被派去江南買貨的韓道國歸來，知道西門慶死了，將私賣的一千兩白銀帶回家中，與渾家王六兒商量，是不是留給西門家一半就好，剩下了A進自家口袋？王六兒「呸」的一聲，說起了她特地去弔喪，結果吳月娘把丈夫的死歸咎在自己身上（前面提到西門慶是在王六兒家中結束一場精疲力竭的性愛，才投入潘金蓮的懷抱中送死）的尷尬過程：吳月娘在屋裡罵了半天，讓王六兒出又出不來，坐又坐不住——既然「那不賢良的淫婦」是如此寡情，又何必留一半給他們？要拿就全拿！

於是西門府的財產，開始被狡猾的僕人鯨吞蠶食，而吳月娘的姐妹們，除了守規矩的孟玉樓，私奔的私奔，偷情的偷情，西門慶「你姐妹好好待著」的遺言，最後果然淪為笑話。雖說這是因為這些人本就不安於室，但吳月娘的雞腸鳥肚，也確實加速了眾人的出走，更讓日後的狹路相逢，使人感到無地自容。本回的故事說到因清明節，吳

月娘、孟玉樓等去祭拜亡夫，恰好在回途中經過永福寺，巧遇來為潘金蓮燒香的龐春梅。吳月娘眼見龐春梅已嫁為官夫人，打扮得珠翠羅綺，落落大方，卻不肯出來相見，還是因為道堅長老不斷催促，雙方才終於會面。吳月娘為何如此畏縮？這要說到當初龐春梅是怎麼離開西門府的。

第85回潘金蓮與陳敬濟的姦情曝光，吳月娘鐵了心要將潘金蓮踢出家門，可在那之前，她先攆走的是龐春梅（只要想到《水滸傳》中，奸臣們要除掉宋江，先從他的臂膀盧俊義下手就不難理解）。這看似是因為陳敬濟「弄一得雙」的關係，但遠因則可以追溯到龐春梅大罵申二姐一事，因此吳月娘不只要她滾，還交待小玉：「你看著，到前邊收拾了，教他罄身兒出去，休要帶出衣裳去了。」潘金蓮一聽哭得淅瀝嘩啦，還是龐春梅比較堅強，聽見打發她，一點眼淚也沒有，反過來勸解潘金蓮：「娘，你哭怎的？奴去了，你耐心兒過，休要思慮壞了你。你思慮出病來，沒人知你疼熱。等奴出去，不與衣裳也罷。自古好男不吃分時飯，好女不穿嫁時衣。」

總是要離別了，無論如何要打個招呼吧？《金瓶梅》繼續寫：「臨出門，婦人還要他拜辭拜辭月娘眾人，只見小玉搖手兒。這春梅跟定薛嫂，頭也不回，揚長決裂出大門去了。」小玉搖搖手，意思是吳月娘不想見妳，不用自討沒趣了。龐春梅並未因此感到懊惱，也沒有戀戀不捨，只是淡淡的一往直前，離開了這個她付出了五、七年青春的地方。同學大學讀完要畢業了，可能還會多回頭看母校幾眼，但龐春梅並沒有，她就是這麼堅決的女孩子。

現在，當年那個被掃地出門的小丫鬟，成為了堂堂的官夫人，重新出現在吳月娘面前，是不是要好好地算帳了呢？沒有的，小說寫春梅一見，便道：「原來是二位娘與大妗子」，然後花枝招颭地磕下頭去，慌得大妗子連忙還禮，說道：「姐姐今非昔比，折殺老身。」意思是，妳已經不是過去那個遞茶送水的小妹妹了，千萬不可如此。龐

春梅是怎麼回答的呢？她說：「如何說這話，奴不是那樣人。」崇禎本評點者（張竹坡以前的無名文人）說得好：「春梅曰：『奴不是那樣人。』則月娘是哪樣人，可知矣。」這時候吳月娘的臉色，應該很難看，只得勉強說了幾句自己一向失禮的慚愧話。

張竹坡既然說《金瓶梅》是「炎涼書」，當然對這段情節大書特書：「人言此回乃最冷的文字，不知乃是作者最熱的文字」，冷的是吳月娘的難堪，熱的是龐春梅的吐氣。他在〈批評第一奇書《金瓶梅》讀法〉又說：「後文寫春梅作夫人，玳安作員外，作者必欲其如此何哉？見得一部炎涼書中翻案故也。何則？止知眼前作婢，不知即他日之夫人；止知眼前作僕，不知即他年之員外。不特他人轉眼奉承，即月娘且轉而以上賓待之，末路倚之。然則人之眼邊前炎涼，成何益哉！」今天的丫鬟、奴僕，竟是日後的夫人、員外[33]，這就是小說家刻意安排龐春梅擔任第三女主角的緣故：出身越低，驚奇越大，而她與故主重逢的情節到底是冷是熱，也就如人飲水。

話又說到原來龐春梅會來永福寺，正是因為要來為潘金蓮燒張紙兒，吳月娘聽了沉默了。不久，孟玉樓起身，心想要往潘金蓮的墳上去看看，聊表姐妹之情，可是吳月娘卻沒有動身的意思，她只好自己去燒紙錢。吳月娘就連已經死掉的人，都不願意跟她和解，怎麼會心胸狹隘到這種地步？而她今天卻可以跟龐春梅一笑泯恩仇，不就是因為人家現在有錢有勢了？[34]因此張竹坡在小說中最討厭的女人就是吳月娘：「吾生生世世不願見此人也」（第75回），這也說明了為什麼潔身自愛的孟玉樓，終究也離西門府而去──她早就知道吳月娘的為

---

[33] 玳安後來接收西門慶家業，人稱「西門小員外」，這件事在第50回（100回奇書的一半）留下伏筆，該回的回目「玳安嬉遊蝴蝶巷」刻意點到了這位繼承人的名字。

[34] 參考自侯文詠：《沒有神的所在──私房閱讀《金瓶梅》》，頁544-545。

人了。

第96回龐春梅接受吳月娘的邀請，重遊西門府，問起李瓶兒的螺鈿床如何不見，吳月娘說爲維持家計，用卅五兩銀子賣了，龐春梅說可惜，早知道的話，我用四十兩銀子要了，吳月娘回答：「好姐姐，人哪有早知道的？」確實，我們在介紹《三國演義》時提到了「後見之明」，是以今視古，爲了避免在現在重蹈過去的錯誤；到了《金瓶梅》，說人無法逆睹未來，是告訴我們在每一個當下，都要用謙遜的態度對待身邊的人事物。我們的課程剛好也構成一個循環，又重回到第一本奇書來進行對照：像曹操雖是獰惡的奸賊，但卻能在華容道虎口逃生，是因爲過去他禮遇關羽；而吳月娘雖說潛心向佛，卻無法寬厚待人，以至於在永福寺羞於見人。恩恩怨怨，是是非非，眞難說孰爲善惡？

（四）韓愛姐的節操

《金瓶梅》的故事，在龐春梅麻雀變鳳凰之後，很快地要進入尾聲，此時與清河縣的腐惡糾纏在一起的，是整個天下也陷入動盪不安當中。在金兵南下的黃塵席捲之中，龐春梅的丈夫周守備正與女眞人激烈交鋒，流血流汗，沒想到他的愛妻也在閨房中流血流汗，沉溺在與僕人周義的性愛當中，流盡淫津而死。夫妻倆雙雙歸西，這是龐春梅個人故事的結束。

但小說還繼續寫著，情節接到一個身分耐人尋味的女人身上，她的名字叫韓愛姐。韓愛姐就是韓道國跟王六兒的女兒，當初西門慶爲了結交蔡京，將她送給太師府的翟管家爲妾，韓道國夫妻盜走西門慶的遺產後，就是跑去東京投奔女兒，不想蔡京後來失勢，一家人爲求生存，男的拉皮條，母女倆出賣肉體。韓道國在第98回重遇陳敬濟，不想韓愛姐竟愛上這個不爭氣的浪蕩子，將終身託付與他，從此不願

接客，即使陳敬濟橫死，她也矢志守寡。

　　於此同時，金國的鐵蹄愈加深入大宋境內，韓愛姐不得不倉皇出走，尋找她的父母。一個綁著小腳的女人，要在兵荒馬亂中逃難，說多狼狽就有多狼狽。在一個鄉野孤村中，韓愛姐巧遇一個中年男子，兩人寒暄，那男人聽說愛姐姓韓，父親叫韓道國，急忙問住：「姐姐，你不是我姪女韓愛姐麼？」韓愛姐也說：「你倒好似我叔叔韓二。」兩人抱頭痛哭，原來此人就是韓二搗鬼。過去，韓二搗鬼曾跟王六兒有首尾，叔嫂通姦當然是一樁醜聞，可是就在此泥菩薩過江的危難之際，韓二搗鬼卻不嫌韓愛姐纏足走得慢，帶著她迤邐找到哥嫂。不久，韓道國死了，王六兒與韓二搗鬼就配成一對，種田過活。

　　韓二搗鬼的形象與武松正是對比，不錯，武松是正氣凜然地拒絕了嫂嫂的勾引，表現出道德崇高的一面，但在他殺死潘金蓮後，武植的女兒迎兒對他說：「叔叔，我害怕。」武松的回答竟是：「孩兒，我顧不得你了。」就將王婆家中的財寶洗劫一空，翻牆去梁山當他的山大王了，完全不顧念亡兄所留下來的一點遺孤。換句話說，武松拒絕了與嫂嫂的不倫，但也同時拒絕了自己姪女的求救；而韓二搗鬼接受了與嫂嫂的不倫，也同時接受了自己姪女的求救。武二與韓二的鏡像關係，田曉菲也曾注意到[35]，小說家正是藉由一個英雄和一個小人的映照，模糊化道德板塊的壁壘分明。

　　不只如此，韓愛姐接下來的行為，更是為《金瓶梅》的道德意識增添辯證性的一筆：她為了回絕韓二搗鬼改嫁的勸說，居然割髮毀目，出家為尼，只是為了替一介紈褲守貞。小說中出現太多紅杏出牆的人妻，而最後堅守「貞節」二字的，竟是一個妓女。這既是一種諷刺，也是小說家在這片罪惡世界中所點起的一盞明燈，讓人相信人性不至於如此黑暗。

---

[35] 可見田曉菲：《秋水堂論金瓶梅》，頁336、392。

天崩地坼的裂痕持續擴大。《金瓶梅》的最後寫到吳月娘、孝哥兒、小玉、玳安等人逃至永福寺，遇到普靜和尚。除了許許多多書中橫死的幽鬼向前懺悔、和解、托生，最後要度化的是孝哥兒。吳月娘自然不願意唯一的兒子離她而去，但禪師在熟睡的孝哥兒身上一點，竟是披枷帶鎖的西門慶，再一點，又變成了孝哥兒。吳月娘至此不再堅持，痛哭失聲，揮淚讓長老帶著孝哥兒，化陣清風不見了。人間一切，到底成空。後來忠實的僕人玳安改名西門安，承受故主的家業，服侍吳月娘到老，人稱西門小員外，結束這部令人掩卷沉思的奇書。

◎閱讀與思考：《金瓶梅》的最後，讓一對通姦的叔嫂相依為命、讓一個娼妓（韓愛姐）成為貞婦。你認為這樣的安排能帶給我們哪些省思？

筆記頁

國家圖書館出版品預行編目資料

中國古典小說選讀——四大奇書／曾世豪著.
－－ 初版. －－ 臺北市：五南圖書出版股
份有限公司, 2021.07
面； 公分
ISBN 978-986-522-958-0（平裝）

1.三國演義 2.水滸傳 3.西遊記 4.金瓶梅
5.文學評論

827.2　　　　　　　　　　110011374

1XLA

中國古典小說選讀——
四大奇書

作　　者 — 曾世豪(280.8)

發 行 人 — 楊榮川

總 經 理 — 楊士清

總 編 輯 — 楊秀麗

副總編輯 — 黃文瓊

責任編輯 — 吳雨潔

封面設計 — 姚孝慈

美術設計 — 姚孝慈

出 版 者 — 五南圖書出版股份有限公司

地　　址：106台北市大安區和平東路二段339號4樓

電　　話：(02)2705-5066　　傳　　真：(02)2706-6100

網　　址：https://www.wunan.com.tw

電子郵件：wunan@wunan.com.tw

劃撥帳號：01068953

戶　　名：五南圖書出版股份有限公司

法律顧問　林勝安律師事務所　林勝安律師

出版日期　2021年7月初版一刷

定　　價　新臺幣300元

經典永恆・名著常在

五十週年的獻禮 —— 經典名著文庫

五南，五十年了，半個世紀，人生旅程的一大半，走過來了。
思索著，邁向百年的未來歷程，能為知識界、文化學術界作些什麼？
在速食文化的生態下，有什麼值得讓人雋永品味的？

歷代經典・當今名著，經過時間的洗禮，千錘百鍊，流傳至今，光芒耀人；
不僅使我們能領悟前人的智慧，同時也增深加廣我們思考的深度與視野。
我們決心投入巨資，有計畫的系統梳選，成立「經典名著文庫」，
希望收入古今中外思想性的、充滿睿智與獨見的經典、名著。
這是一項理想性的、永續性的巨大出版工程。
不在意讀者的眾寡，只考慮它的學術價值，力求完整展現先哲思想的軌跡；
為知識界開啟一片智慧之窗，營造一座百花綻放的世界文明公園，
任君遨遊、取菁吸蜜、嘉惠學子！